小妖的金色城堡

饶雪漫 作品

山東文藝出版社

果麦文化 出品 | GUOMAI

有点寂寞，

有点痛，

有点张扬，

有点不知所措，有点需要安慰。

那么，

点开它，它很美。

目录

Contents

CHAPTER 1

妖精七七

不白的白天

暗涌的黑夜

我看得见我的颜色

一个干净的孩子

没有绝望

因为破碎

仰望天空

林涣之看着我，我看着他。

这么多年来，我一直喊他林涣之，而他一直喊我七七。这应该是我第三次离家出走，前两次他都很轻易地找到我，而这一次，他足足找了五天。我被他活生生地堵在网吧的门口，有点尴尬，看了他几秒钟，目光随即转到地面。

他略带讥讽地对我说："怎么，你没去阿富汗？"

和他吵嘴的时候，我曾说过我要去阿富汗，让他永远也找不到我。我当然去不了阿富汗，我甚至没有勇气坐火车去外地，于是我整日在这座熟悉的城市里和他捉迷藏。我的日子过得并不差，临走的时候我偷了他一千多块钱，现在口袋里只剩几个硬币了。不过刚才在网上，布衣说他可以收留我，我们已经约好了见面的时间和地点，我告诉他我穿白色的 T 恤，旧旧的牛仔裤，背玫瑰红的小包，头发很长，看起来很美。

布衣呵呵笑着说，我当然知道妖精七七是美女，我也是精明人呢，要不是为了美女我可不会付出。

我的想法其实很简单，我只想蹭布衣一顿晚饭。网友虽说不可靠，可在关键的时候解决一下温饱问题应该还是可以的。我们约在“圣地亚”，一家不错的西餐厅，我让他带着卡来赴约，可千万别付不起账。他嘿嘿地笑，说为了美女七七，自己是上刀山下火海都在所不辞，何况刷刷小卡呢。网上的人一向这么油嘴滑舌，我当然不会感动，心里盘算的只是待会儿应该点些什么好吃的来好好慰劳一下我饥饿的肚子。

可是我没想到的是，我被林涣之找到了。

他朝我抬抬下巴，我乖乖地上了他的车。他一语不发地开车，和往常一样，在他非常非常生气的时候他总是一语不发。我受不了这种沉默的折磨，于是我开口说话：“找我是不是又花了你不少钱？”

“是。”他说。

“你不用来找我。”我说，“我可以过得很好。”

“是吗？”他看穿我说，“就凭你兜里那几块钱？”

我涨红了脸，猛然意识到也许这些天他都在跟着我，在我无能为力的时候，才突然出现在我面前。他接下来的话更是证明了我的猜想，他说：“你住的那家宾馆虽然便宜，但热水老是供应不上。你要是往前走二十米就会发现有家三星级的宾馆，单人间打折，又好又合算，而且更安全。”

我把头低下来，一直一直地低到双膝上，连愤怒都失去力气。

这么多年了，我一直都不是他的对手。

真的，已经很多很多年了，我一直都记得那个下午。天下着很大很大的雨，雨水混浊而粗暴，将孤儿院的窗玻璃打得肮脏不堪，我敢保证从那以后我就再也没有见过那样铺天盖地的雨，像是要把整个世界活活地淹没。林涣之就靠着那扇窗站在那里，目光从我们十几个孩子的脸上一一扫过，然后，忽然指住了我，说：“就她。”

“七七？”院长说，“这孩子有点孤僻，脾气也不大好。”

林涣之并不答她，而是走过来，在我的面前蹲下，伸出手对我说：“你叫七七？握个手好吗？以后将由我来照顾你的生活。”

“有公主裙穿吗？”我问他。罗宁子被人收养后曾回来看过我们，她穿着漂亮的公主裙，给我们每个人吃糖，我把她给我的糖狠狠地扔到厕所里。

“有。”他咧开嘴笑了，“从此以后，你要什么有什么。”

我对自己的身世了解甚少，除了知道自己姓叶。在孤儿院里，他们都叫我七七，叶七七。林涣之领养我后并没有要求我跟他同姓，只是为了上学方便替我另起了一个学名，叫叶小寂。

寂寞的寂。

我明白，他是寂寞的大人，我是寂寞的孩子。

我们相依为命。

九岁那年，我有过一次骨折，一辆疾驰而过的摩托车撞断了我的手臂，那种疼痛对一个九岁的孩子而言是难以忍受的。做完手术，我在昏暗的病房里醒来，看到他立在窗前的背影，第一次感觉到“安全”这个词的含义所在。

他听到我的声音，走到床边，俯下身子对我说：“七七，对不起，我没有照顾好你。”

“我的手还能动吗？”这是我最关心的。

“能。医生向我保证，它会跟以前一样。”

“我想吃冰淇淋，现在。”

“好的。”他温和地说，“你想要什么都可以。”

他没有食言，真的给我一切我所想要的东西，答应我很多无理的要求，甚至包括在高二的时候休学一年。

其实这是我的花招。我不想念书了，我一坐到课堂上就头昏脑涨，不然，我也绝不会在数学课上把那个老师扔向我的粉笔头重新扔回到了他的脸上，更不会和我不喜欢的那个男生在教室里拥吻。那个男生长得像某个明星，有很多人追，最夸张的一次是有个女生为了索要他的签名追他，一直追到男厕所。

可我发誓，我真的没有一秒钟喜欢过他。

我甚至连他的名字都弄不清楚，到底是叫曾伟，还是曾炜。

我就这样洒脱地离开了学校。

麦子来看我，我把门关起来不见她。她是医生，也是林涣之的老朋友，比林涣之要小十来岁。因为我的“骨折事件”，他们相识，当年，她是我的主治医师，后来不知怎么就成了我们的“家庭医生”。林涣之和我一样，生平最怕的事情就是上医院，所以一有点小病小灾的，麦子多半会随传随到。她的医术好像还行，最主要的是打针不疼，她一面说着“七七你喜欢不喜欢游泳我们有空去海边”，一面就将针管神不知鬼不觉地戳到我的屁股里，然后轻快地说：“好啦，明天就活蹦乱跳了。”

日久生情这个词儿一点没错，麦子就这样慢慢地喜欢上了林涣之。麦子认识我们的时候还是个小姑娘，可是她一直一直也不嫁人。我也知道，她不喜欢我。我偷听到她对林涣之说：“你要多带七七出去玩玩，不然发展成抑郁症可就麻烦了。”

“别瞎说。”林涣之骂她。

“我是医生，还能吓你？”

林涣之沉默了。

后来，他就说要带我去欧洲旅行。他把护照都办好了，可是我却死活也不愿意去，我就是不让他们遂心。麦子来劝我，说了很多冠冕堂皇的话。我恶狠狠地说：“闭嘴！你想去你直说！”她愣了好一会儿，眼泪就要出来了，林涣之叹口气，把她拉走了。

不上学的日子，我并不爱出门，而是常常泡在网上。偶尔我会和林涣之吵嘴，比如他让我去什么英语口语培训班时，或者指责我的服装太过前卫时。每一次吵完，我都筋疲力尽。我不是没有想过要缓和一下我们之间的关系，但实际上却是一日比一日糟糕。

这不，糟到必须离家出走，才有可能解决问题。

当然这也只是短暂地解决，除非有一天，我真正地、完全地离开那个家。

我跟林涣之说我饿了，要去“圣地亚”。他握着方向盘说：“没问题。”

我知道他会迁就我，这是他的弱点，他总是以迁就我来衬出自己的宽容和伟大，心甘情愿地被我屡屡利用来证明他无悔当初的选择。可惜我并不感激他，我不只一次没有良心地想，我宁愿在孤儿院里长到今天，也许平庸也许无奈却肯定不会伤痕累累。

那一顿我吃了很多，仿佛只有吃才可以溺毙我所有的不快。林涣之却全无食欲，在我的对面慢悠悠地品着一杯炭烧咖啡。我一面死吃一面禁不住东张西望，偌大的餐厅里并没有一个单身的男子。那个叫布衣的，也许压根就没有来。不过我倒是真有兴趣看看他到底长什么样子，这个唯一有本事在网上逗得我哈哈大笑的男人，到底会是何方神圣。

趁着林涣之去洗手间，我悄悄地开了手机。为了避免被找到，手机很多天都没开了。刚一打开，短消息就蜂拥而至。无数条都是以前那个姓曾的自以为是的帅哥发来的：想念你的笑，想念你的外套，想念你白色的袜子和你身上的味道……

TNND！

我一愤怒就又把手机给关掉了。

还是没有一个人看上去会是布衣，这个世界真是充满欺骗，让人绝望。

林涣之远远地走过来，他看上去挺帅。以前我们班所有的同学都羡慕我有个又帅又有钱的老爸，可是我从没叫过他一声爸爸，他也从不要求我。我一直想弄清楚我到底是爱他还是恨他，但是我一直也弄不清楚。

我相信他也是，我们彼此彼此。

他坐下来，问我："吃饱没？没吃饱还可以外带。"

"你只当养了一头猪。"我不惜诋毁自己来回报他的讥讽。

"呵呵。"他笑，"猪浑身都是宝。"言下之意很明了！

我提醒自己不能发火，发火就是认输。于是我笑笑地说："错也好，对也好，还不都是你自己的选择。你要原谅我，我那时只有六岁。”

他依然笑，说：“你知道吗？如今三岁的宝宝也会骂母亲：谁让你当初生下我来？”言下之意也很明了，我的智商和三岁小孩无异！

我放弃与他斗嘴，把一杯橙汁喝得虎虎有声。

回到家天色已暗，准确地说，这里是林涣之的家而不是我的家。家很大，四层楼。如果是我一个人待着我会冷得发抖。我这人和很多人不同，即使是在炎热的夏天，我的手脚也总是冰冰凉凉的。林涣之的秘书曾经为此给我买过很贵的保健品，那个姓朱的秘书削尖了脑袋想要嫁给他，可是林涣之对婚姻一点兴趣也没有。他连总把自己弄成温柔贤淑样儿的麦子都不肯娶，更何况那个姓朱的老是把眼皮涂得金光闪闪的俗女人呢。

他不许我吃那种被朱秘书吹得天花乱坠的胶囊，淡淡地说：“女孩子不要乱吃这些东西。”一转手就送给了一直照顾我们饮食起居的伍妈。

见我们回家，伍妈脸上露出欣慰的神色，呵斥我说：“去去去，洗个澡，衣服换下来给我！”

她夸张地捂着鼻子，好像我才从难民营回来。

客厅里有棵奇怪的植物，一年四季郁郁葱葱，林涣之很钟爱它，亲自给它浇水。我朝伍妈做个鬼脸，倒坐在客厅的沙发上，肚子饱胀得一句话也不想说。林涣之拿着花洒在那里不知疲倦地浇着水。我知道我们之间不会再有争吵，每一次争执结束的时候都是如此的平淡无味，毫无刺激。我站起身来往楼上我的房间走去的时候，他却忽然喊住了我："七七。"

我停下脚步。

他在我身后说："七七，你的头发长了，应该剪短一些。"

"好吧。"我头也不回地说。

"我很累。"他说，"你要体谅我。"

我的眼泪突然地流了下来，可是他看不见。我飞奔上了楼。我听到自己的脚步声在屋子里发出仓促而沉闷的回响。我跑进自己的房间，把自己扔到床上，把头埋到被子里，不让自己听到自己的呜咽声。

不知道过了多久，伍妈在身后喊我："七七！"

"别烦我！"我把头伏在枕头上喊道。

"有人找你。"伍妈说，"在楼下。"

"谁？"我问。

她朝我摇头，摇完后就走出了我的房间。

我把眼泪擦干后走出门，从旋转的楼梯上看下去，我看到一张相当熟悉的脸，曾炜，还是曾伟？

我懒懒地走下去，他很欣喜地站起来，看到我一脸的不高兴，马上又为自己辩解说："你的手机一直没开机。"

"没充值。"我说，"开了也没用。"

"很多天不见你。"他说，"我知道这样很冒昧，但是我真的很想见你。你爸爸挺和气的呢。"

呵，我爸爸。

对了，林涣之呢？我左顾右盼，林涣之去了哪里？

"你真不回去念书了吗？"他问我。

“你好好看看四周，”我说，“我还有必要念书吗？”

“我一直听说你家很有钱，可是，”他笑了，“我认为这和你念不念书没有太大的关系，你说呢？”

“别说无聊的话了。”我在他对面坐下，“省省力气。”

“叶小寂。”他说，“我真的很想念你。”说完，他的手放到我的膝盖上来。

我看着他笑了笑，他像是被鼓动了一下，手又伸过来握我的手，我突然恶作剧地尖叫起来：“啊，啊，啊啊啊……”

他吓得从沙发上跳了起来，跳得老远，脸变得通红而有趣，林涣之和伍妈不知从哪里冒了出来，林涣之用严厉的目光扫了他一眼，然后问我：“怎么回事？”

男生拎起他的包落荒而逃。

看着他狼狈的样子，我忍不住哈哈大笑，笑着笑着就涌出了泪水，笑也止不住，泪也止不住。我一边哭哭笑笑一边想我真的是疯了，我一直就是一个疯子，我需要一个医生，一个来拯救我的大慈大悲的医生。

哪怕，是麦子。

林涣之走过来，他抱住了我。我开始在他的怀里颤抖，一直一直不停地抖。他轻轻地拍着我的背，对我说：“七七，说吧，你到底想要什么？”

“我要你结婚。”我说，“和麦子结婚。”

“呵呵。”他笑，“你不是一直不喜欢她么？”

“可是你喜欢不是吗？”我说，“我不想成为谁谁谁的累赘。”

林涣之让我坐下，伍妈倒来了茶，是林涣之最喜欢的龙井。茶雾袅袅中，林涣之一字一句地对我说:“七七，我不希望你介入我的感情生活。有一点你也必须清楚，我不结婚，并不是因为你。”

“可是麦子说是，所有的人都会说是！”

“我是你父亲，你就不能为我受点委屈？”

我惊讶地抬起头来，我根本没想到林涣之会如此和我说话。虽说这些年作为一个父亲他尽职尽责，但是，他从没要求过我尽一丁点儿女儿的责任，我从不喊他爸爸，他也没有怪过我一丁点儿。

可是……

“婚姻对我而言是绳索。”林涣之说，“在领养你之前，我结过两次婚，每一次都是匆忙而痛苦地收场。我不想再走进婚姻，如果说你可以是我的挡箭牌，那么七七，你替我挡挡也是理所应当的对不对？”

说真的，这种平起平坐的对话让我震惊。

“这就是你领养我的原因吗？”我问他。

“你说对了一半。”他说。

“那还有一半呢？”我追问。

“你得自己去体会。”他说。

“我恨你。”我说，“你自以为是的爱心毁了我的一生。”

“我知道你一直这么想。”林涣之说，“我当年没有选错，你的自以为是一点也不比我差，我俩惺惺相惜，注定有缘相遇。”

我说不出话来。

过了很久我才说:“我要出国读书，法国、美国、澳洲，哪里都行。”

“我考虑一下。”他承诺我。

我看着他，认真地说：“我会一直充满热切的期待。”

他又笑了，问我：“何时学会文绉绉地说话？”

“你该问我何时起已经长大。”我说，“我已经十七岁了，很快会十八、十九、二十。我会恋爱，会嫁人，会离开你，你应该早点做好这样的准备，所以，提前赶我出门未必不是最好的选择。”

他被我的话深度击中，埋着头无力地朝我挥挥手示意我离开。

我离开，上楼。开机，上网。

伍妈随即上来，探进半个头，对我说：“七七，你要是再闹事我就用皮鞭子抽你！”

我知道伍妈不会，她很爱我。我跟她女儿同一天生日，她做了好吃的，总是一式两份。要是逛街看到漂亮的衣服，会买两件。我朝她吐吐舌头，她对我说：“你爸爸很伤心。你很过分。我要回家了，你自己好好反省反省！”

“再见。”我飞快地敲着键盘，头也不回地说。

她替我关门，声音当然很大，我耸耸肩，也不回头。

我进了“城堡”，那是一个我常去的网站，是一个个人网站，访客量非常有限。最初吸引我的是它的名字，全名叫“小妖的金色城堡”，几乎全黑的背景下有一座小而金色的城堡，旁边是一行浅浅的小字：有点寂寞，有点痛，有点张扬，有点不知所措，有点需要安慰。那么，点开它，有点美。

这些“有点”仿佛我都有，所以，我成了它的常客。

版主叫优诺，一个笑容甜美的女生，读大学，学的是中文。听说还出过书，她的文字很美。有时看她写的文字，我会莫名其妙地掉下泪来。在知道我和她在同一个城市后，她的网站对我来说就更多了一层亲切感。

今晚，布衣不在，优诺不在，暴暴蓝孤独地待在聊天室，见我进去，送过来一个龇牙咧嘴的微笑，然后说："坏坏的妖精七七，你气坏了布衣！"

"布衣，他在哪里？"

"他在夜风里等了你三小时，现在回家痛哭去了。"

"嘿嘿。"我说，"暴暴蓝你莫受他骗，他放我鸽子，我连他影子都没见！"

"网络法官我不做。"暴暴蓝说，"快去看我新作！"

"不去不去我不去。"我说，"我讨厌你的文章里全是一个男人的影子，没出息没劲没刺激。"

"妖精七七是弱智。"

"骂得好。"

"妖精七七是神经病。"

"骂得妙。"

"妖精七七没良心。"

"一点儿没错。"

……

暴暴蓝一直一直地骂下去，我就这么一直一直没有自尊地应承下去，直到她骂够了，停了下来。聊天室里静悄悄的，我的手指离开键盘端水喝。

暴暴蓝忽然哇哇大哭。

我问她:“真哭还是假哭?”

“真哭。”她说,“就要高考了，可是我什么也不会。”

“你不是会上网吗?”她骂我那么久，也该轮到我报仇了。

“我想自杀。”暴暴蓝说。

“吃安眠药比较不痛。”我建议。

“我想像张国荣那样从楼上往下跳。”她说,“死前飞一把，也够浪漫。”

“那捎上我。”我说,“我陪你一起跳算了。”

“再带只降落伞,”暴暴蓝咯咯笑起来,“咱们没死先把咱们妈吓死。”

“我没妈。”我说。

“我叛逆那会儿也总这么说。”暴暴蓝说,“其实有妈没妈也没啥两样儿!”说完，她下线了，留下一个孤独的我。网上到处都飞着怀念张国荣的帖子，我点开他的一首MP3来听，是我所不熟悉的粤语，寂寞而深情的男声。他们说，他有抑郁症。

麦子说过，我也有可能得抑郁症。

我恨麦子，恨这个看似温柔体贴的女人，恨她对我恶毒的诅咒。

我一定会报复她，迟早。

外面传来车子发动的声音，我就知道，他又出去了。这个家对他而言，不过是旅馆和饭店。我跑到阳台上，看着他的车毫不留情地绝尘而去，我忽然恶毒地想，让他开得快些再快些，如果他出了车祸，如果他断胳膊断腿，如果他永远回不来……

我担心我前世一定是个恶人，不然我的心里怎么会常常冒出这种恶毒的心思？它仿佛来自一个神秘幽深的洞穴，如深红色的丝线一般绵绵无休地吐出，再将我自己缠成一个不能动弹的茧。

当然，这都是幻想而已。上帝对我，从来不曾给予过任何承诺和眷顾，他把我随心所欲地丢在一个地方，然后完全不负责任地忘掉我的存在。

夜安静得让人发疯。我裹紧了衣服看暴暴蓝的新帖。她没有写张国荣，她在写她自己，写她和某个男人的冷战，写得让人心酸和绝望。我没有对暴暴蓝说实话，其实我是喜欢她的文字的，她根本用不着读书，她可以去当作家。当作家就可以养活自己，我一直记得她在一张帖子里说过：我一路狂奔，渴望在拥挤匆忙的人群里找到一张和我相似的面孔，她有和我相似的命运。我可以在她的身上看到自己生命的参照，何去何从，不再那么仓皇。

她说到我心里去了，我其实一直都在潜意识里寻找着那张与自己相似的面孔，那个人或许是我的母亲，或许是我的父亲，他可以告诉我，我究竟来自何方，应该去向何处。

只是这种相逢总是在黑夜的梦里，我与那张脸永远隔着伸手却无法触及的距离。当我醒来，是林涣之给我的一个华美的世界，我在这个世界里处处碰壁狼狈不堪顾虑重重最终伤痕累累，永远也找不到出口。

这不是我想要的金色城堡，我从六岁的那一年穿着公主裙随林涣之跨进他的家门那一刻起就深深地知道。

CHAPTER 2

暴暴蓝

绽放　我一直努力地在绽放

想象一朵花

开得诡异而丰满

可是　荒凉的诺言让我一次次半途而废

如果你责备我

请忘记我妩媚的眼泪

暴暴蓝走出学校大门的时候，天是灰色的。

四月里居然有如此灰的天，真是让人绝望。春光像藏匿在玻璃球里的鲜花，只能盼望却无法触及。暴暴蓝一边走一边挣扎，到底是回家，还是去涂鸦那里呢?

正在这时，班主任从校门里一路追出来，扯着嗓子直喊:“倪幸，倪幸，你等等！”

暴暴蓝想了很久才停下脚步，是叫自己吗？对呢，自己叫倪幸，可是这个名字听起来，怎么会那么陌生?

“倪幸！”老师气喘吁吁地说，“一晃眼你就不在了，好不容易才追上你。你看看这篇文章是不是你写的？”

老师手里拿着一本很流行的时尚杂志，这杂志我们班上很多同学都喜欢看，封面上有一行醒目的大字——《我们的高三是场甜美的骗局》。

老师愤怒的手指此刻就愤怒地指在上面。

“是。”暴暴蓝说，“是我写的，怎么了？”

"这话是什么意思？"老师把她拉到一边说，"什么叫骗局？你这些古里古怪的文字都是从哪里学来的？你知道这本书有多少同学在看吗？你知道影响会有多恶劣吗？要是被校长知道，一定以为你在骂我们学校，你说说怎么收场？"

"我不知道。"暴暴蓝无可奈何地说，"你小题大做了吧。"

"倪幸，你数数，还有几天就要高考了？我都替你急，你到底有多少把握？想凭着会写两篇文章就让大学录取你，我告诉你，那简直是黄粱美梦！"

"谢谢您提醒。"暴暴蓝笑嘻嘻地把她手中的杂志抢过来说，"我还没收到样书呢，这本正好送我吧。我记住了，下次一定注意用词。"

"什么杂志，什么编辑，我要找找他们！"老师还在愤愤不平。她已人到中年，身材发福，儿子不争气，最怕的是校长。暴暴蓝很同情她，所以不同她吵。暴暴蓝手握着杂志，脚步轻快地远去了。

算一算，应该又有一笔不错的稿费，至少可以请涂鸦去五次咖啡馆。

想到涂鸦，暴暴蓝的心开始粗暴地疼痛起来。从吵架到现在，是六十八个小时，涂鸦曾经无比自信地说过："小暴你不要和我吵，你七十二小时内准投降。"他说这话的时候坏坏的，嘴里叼着一根烟。用斜斜的眼光瞄着她。

暴暴蓝喜欢他叫自己小暴，别人表示亲热都叫小蓝，可是他叫她小暴，叫得暴暴蓝的心像被什么给呼拉一下子拎起来，然后就是荡秋千一样的甜蜜。

说起来有点老土，她和涂鸦是在网络上认识的。涂鸦是美院的学生，有一次他给她贴在论坛上的文章配上了很美的图画，然后说:“MMD，我居然会喜欢上这些妖里妖气的文字。”

暴暴蓝说:“NND，谢谢你。”

就是这样认识的。

很巧，越过偌大的网络，他们发现自己和对方居然生活在同一个城市。遥远的距离忽然被拉近，说话的时候就更多了一些亲切，比如，哪条路修好了，哪里的炒冰口味不错，哪家书店装饰得最有品位等。

半年后，涂鸦先提出要见面，暴暴蓝想也没想就同意了。一切都是那么水到渠成。在广场巨大的喷水池边，他们迅速地认出彼此，然后走向对方。涂鸦的手自然地环上她的肩，暴暴蓝吓得一缩，往后躲了躲。涂鸦哈哈地笑起来，搂紧了她说:“小暴同志，你跟我想象中的一模一样。”

涂鸦也和暴暴蓝想象中的差不多，只是还要更漂亮一些，像极了他自己画中的那些美少年，英俊的脸庞，桀骜不驯的眼神，比网络中的他还要危险。暴暴蓝不露声色地将他放在她脖子上的手臂移开，跳起来去摸一朵树上的粉白色花朵。

涂鸦在她的身后点燃一根烟，眯起眼睛说:“你是我的第一个女朋友。”

“是吗?”暴暴蓝抓着花朵回头。

“少女型的。”涂鸦说完哈哈大笑。

暴暴蓝慌里慌张地跳上一辆出租车跟他说再见。她有点怕涂鸦，他和她以往认识的男生有很大的不同，她很怕会发生什么，所以本能地保护自己。但是相逢已成定局，涂鸦追得很紧，替她画了一张暴暴蓝至今为止最为喜欢的图画，少女的一张脸，是黑白底色的。脸被半朵极艳的花挡住了，只能看到少女的眼神，清澈如水却充满渴望。

涂鸦把它叫作：一朵半途而废的花。

这幅画并没有公开地发表，甚至在网络上也没有。它静静地躺在暴暴蓝的信箱里，诱惑了暴暴蓝的许多泪水。第二次见面是在一家咖啡馆，涂鸦亲手把画送给了她，暴暴蓝笑笑地接过来，跟他说谢谢。然后说："你请我喝什么？"

"应该是你请客。"涂鸦说。

"为什么？"

涂鸦笑了，说："你把我们的故事写出去发表了，别以为我不知道。"

暴暴蓝吓了很大的一跳，她以为涂鸦不知道，在她看来，涂鸦不会看那种充满小资情调的杂志。因为那篇文章泄露了太多的自我，所以她投稿的时候根本就没用真名，连暴暴蓝这个名字都没用，除了那个编辑知道真相。暴暴蓝正要狡辩，涂鸦胸有成竹地打断她的阴谋说："世界太小了，我替那家杂志画插图快两年，你的稿子我一眼就看得出来。"

"吹。"暴暴蓝说，心里却很服气。还有，一些开心。

文字，也是需要知己的。

"你怎么那么喜欢写字？"涂鸦忽然问道。

“因为我寂寞。”暴暴蓝毫不掩饰地说。

“没有朋友吗？”

“没有。”

“父母呢？”

“他们忙。”暴暴蓝不愿意多说。

涂鸦的手从桌面上伸过来握住了她的手。隔着一只透明的长长的玻璃杯，他轻轻地吻了暴暴蓝的脸颊，一切都和暴暴蓝的小说一模一样。然后他对暴暴蓝说：“我是你寂寞的终结者，我向你保证。”

那天，暴暴蓝跟着涂鸦去了他又脏又乱的出租屋。暴暴蓝有些局促地坐在涂鸦的小床边，看他的画。他画了很多很多的画，放在床边的一个大木桶里，每一张都让暴暴蓝爱不释手。涂鸦坐到她的身边，他们靠得很近，暴暴蓝第一次清晰地闻到一个男生的气息，有如风暴一般不可抗拒的诱惑。

“你很有前途呢。”暴暴蓝拿起一幅画展开，不露声色地站起身来，装作用心欣赏的样子。

涂鸦一把把画扯下，把暴暴蓝拖到他腿上坐下，紧紧搂住她说：“我要吻你，你给我把眼睛闭上！”

暴暴蓝闭上了眼睛。

可是涂鸦的吻并没有真正地落下来，他只是爱怜地替她把眼角的泪擦掉，用从没有过的温柔语气说：“你瞧，我吓坏了你。”

暴暴蓝真的吓坏了，所以抱紧了涂鸦，好久才松开手。

那时暴暴蓝已经上高二，是第一次真正意义地爱上一个男生。在这之前她有过一次暗恋，初三的时候。对方是一个物理老师，刚从学校毕业，暴暴蓝喜欢他在黑板上写字时的手指，有力而优美。因为暗恋物理老师，她曾经将一度令她头疼的物理成绩提到了自己的历史最高水平。后来物理老师恋爱了，对象是一个很高大的北方女人。暴暴蓝在街头偶遇过他们，新婚不久的他们一前一后地走着，老师的手里拎着一大包乱七八糟的菜，脸上的表情是一种对生活隐忍的痛苦。因为这种表情，暴暴蓝回家狠狠地痛哭了一场。她为这个老师也写过很多的字，只是，他从来不知道，也永远都不会知道了。

至于涂鸦，是一场甜美的意外。

将爱情写得天花乱坠但从没有爱情实战经验的暴暴蓝，在爱情游戏里当然没有涂鸦游刃有余，兴奋的同时也会有莫名的恐慌。暴暴蓝潜藏的文字天赋被这场恋爱无限量地激活，于是她在网上没日没夜地写字，一写就没有办法停下来。涂鸦点着她的鼻子说：你有文字癖，你是有文字癖的小妖。暴暴蓝低着头咕咕地笑。

在她看来，涂鸦说的话总是有道理的，何况她常去的网站，就叫“小妖的金色城堡”。那是一个访客不多但让暴暴蓝觉得安全的网站。版主优诺也会写很美的文字，还出过一本很漂亮的散文集，暴暴蓝就是从她的书中找到她的网站的。优诺很欣赏暴暴蓝，给她做了专门的电子文集，在首页做大力的推荐。暴暴蓝的文集很唯美很漂亮。

里面的图，大都是涂鸦的作品。

大家都说，文字和图是天衣无缝的。

但暴暴蓝和涂鸦却不是。恋爱三个月后，他们开始吵架。都是因为一些无所谓的小事，常常是暴暴蓝挑起战争，也常常是暴暴蓝委曲求全地结束战争。恋爱甜蜜而无情的折磨让暴暴蓝的文字一日比一日颓废，好在这种颓废正在风行，暴暴蓝的字开始可以卖钱，而且往往是在杂志的显眼的版面，挣到了比想象中还要多的钱。

她越来越多地被编辑们注意，信箱里总是堆满了各种各样的约稿信，每月的稿费足够她花费甚至有不少的节余。终于有一天，一个出版社的编辑对她说："我们社最近有计划力推一个文学新人，你愿意的话，我们见面谈谈？"

当然是愿意的。

暴暴蓝和那位编辑在出版大楼里见面。那是个年轻的编辑，戴副眼镜，看上去很精明的样子。他一见暴暴蓝就惊呼说："你高三？"

暴暴蓝点点头。

"你太瘦弱了，应该多吃点。"他的口气里充满了怜爱。然后他夸暴暴蓝说："你的文字太天然了，你那不可多得的天赋，可以让你在故事里出入自如，只要有机会，你可以红透半边天……"

"要我写点什么？"暴暴蓝打断他长篇大论的吹捧。

"只要写你自己。"编辑拿着一支笔在桌上点来点去，"一个真实的自己，一个女高中生真实的生活，可以残酷、绝望，总之一定要让人充满好奇。"

"有版税拿吗？"暴暴蓝问。

"有。"编辑说，"我们看稿说话，不在乎是不是名家。"

"百分之多少？"

"八，行不行？"

“行，我写。”暴暴蓝说，“很快就可以交稿。”

“不会影响你的学习吧？”编辑有些担心地问，“你可是马上要高考了。”

“那是我自己的事。”暴暴蓝背起小包跟编辑说再见。走出那栋大楼的时候，心是飞扬的。终于可以出自己的书了，写了这么久，等了这么久，终于美梦成真了！这是一个很好的机会，不是吗？

虽然她并不喜欢那个看上去鼠头鼠脑的、名片上印着“主任”两个烫金字的编辑。

好消息自然是第一个告诉涂鸦。“我写，你画。”暴暴蓝激动得脸蛋红红的，“这样一来，可以让全世界都见证我们的爱情！我想过了，这一定会是一本畅销书。有了钱，我们就一起去巴黎！”

可是涂鸦并没有显出激动，他淡淡地说：“你真打算写吗？”

“当然。”

涂鸦手里拿着那个编辑给暴暴蓝的策划，笑着再问：“你真的打算出卖自己？”

“你什么意思？”暴暴蓝睁大了眼。

“哼哼。你都打算写些什么？你的青春，你的恋爱，你的堕落甚至你的 sex？！”涂鸦的声音越来越大，他把手里的纸愤怒地揉成一团扔向窗外，高声喊道，“你可以出卖你自己，可是我警告你，你不可以再写到我！我们之间一丁点儿芝麻大的小事你都会拿出去贩卖，我他妈的已经受够你了！”

“你在嫉妒我！”暴暴蓝流着泪本能地反击，“我要出书了，我要成名了，所以你嫉妒我你嫉妒我，你不要脸！”

“就算是吧。”涂鸦轻描淡写地说，“看你泼妇的样儿！”

这是争吵最激烈的一次，相互都有人身攻击。暴暴蓝流着泪从涂鸦的住处跑出来，当时的她以为这会是他们的最后一次争吵，从此以后，涂鸦再也伤害不了她。

因为，她决定和涂鸦分手。

分手，永远永远都不要再见到他！

可是在第六十八个小时的时候，暴暴蓝动摇了。

在公交车站台徘徊了十分钟，她最终踏上了开往美院的小巴。

涂鸦并不住在美院，而在美院附近租的房子。那是一幢旧式的两层小楼，房东早已搬到闹市区，这里全租给像涂鸦这样的学生，一人住一小间，共用卫生间和厨房。这个时间，涂鸦应该在家里。淡绿色的窗帘拉得死死的，他总是喜欢熬夜，然后选这种不合时宜的时间死睡。暴暴蓝站在楼下的梧桐树下给他发了一条短消息：“现在是第六十八个小时。”

等了许久，他没回。

暴暴蓝又发：“我打算来敲你的门。”

他依然没回。暴暴蓝就上楼去敲门了，他的房间在二楼的最里面。暴暴蓝敲了很久，才听到里面有声音。门终于被拉开了，门后是涂鸦。初春时分，他只穿了一件衬衫，头发是凌乱的。在他的身后，凌乱的画桌旁，坐着的是西西，她正在朝暴暴蓝露出一个尴尬的笑容。

暴暴蓝认得她，在涂鸦朋友的一次聚会上她们见过。涂鸦介绍的时候是这么说的：“我学妹，西西。”

学妹，呵呵。

暴暴蓝转身就走。涂鸦追出来拉住她："有什么事进来再说。"

暴暴蓝冷冷地说："你放手。"

"我要是不放呢？"涂鸦一脸不知羞耻的笑。

"那我就甩你。"

"怎么甩？"

"就这样甩！"暴暴蓝话刚出口，一声清脆的耳光已经甩在了涂鸦的脸上，涂鸦的手一松，暴暴蓝如箭一样地冲下了楼。

极速的狂奔后，她才发现自己没有地方可以去。

夜风已起，暴暴蓝站在人群穿梭的街头大口大口地喘气。冷风吹进她的口又被她呼出，身上的热气开始一点点地变少，暴暴蓝感觉自己连站都失去了力气。就在这时候手机响了，低头一看，竟是优诺。

她们没有见过，可是她总是在她最无助的时候出现。

"优。"暴暴蓝接起电话有气无力地喊。

那边是优诺轻快的声音："亲爱的，我现在与你呼吸着同一个城市的空气，怎么样？打算见我一面吗？"

"真的？"暴暴蓝惊喜，"你怎么会来？"

"路过喽，"优诺说，"不知道算不算一个惊喜。"

"我请你吃晚饭！"暴暴蓝赶紧说。

半小时后暴暴蓝和优诺相聚在全市最有名的咖啡店。那里的环境不错，饮料不错，还有相当不错的简餐可以吃。店里有悠悠的音乐，此刻放的是张国荣的歌：

抬头望星空一片静
我独行夜雨渐停
无言是此刻的冷静
笑问谁肝胆照应
风急风也清
告知变幻是无定
未明是我苦笑却未停
……

歌声动人，只是人已远去。暴暴蓝坐在那里感慨地想，其实死也是需要勇气的。像张国荣那样的人也要为情所困，何况自己。正想着，就看见优诺穿着淡蓝色的棉布裙走进来，她有一双明亮的大眼睛，笑容极为感染人。她一眼就认出坐在角落里的暴暴蓝，在她对面坐下，环顾四周，调皮地一眨眼睛说："估计这是我见网友吃得最好的一顿哦。"

"以前都在哪里？"

"在街边，吃过五毛一串的臭豆腐。"优诺爽朗地笑，"暴暴蓝你比我想象中瘦小。"

"你直接说我矮不就得了？"

"可没那意思。女孩子娇小点才可爱嘛。"优诺说，"怎么单身赴约？我还以为可以看到帅哥涂鸦呢。"

"别提他，我们分手了。"暴暴蓝说。

"得，一天十次分手，我见怪不怪了。"

“是真的。”暴暴蓝说着，眼泪就不可控制地掉了下来。

优诺带着怀疑的表情看着暴暴蓝掉眼泪，看着看着终于相信了，说：“呀，看来我来得正是时候。”

暴暴蓝抹抹眼泪，努力笑着说：“不说那些不高兴的事情了，你来了我应该高兴，我们干一杯！”

优诺一板脸说：“不许喝酒，你还未成年！”

“我早独立了。”暴暴蓝说，“我爸和我妈离婚的时候我只有六岁，因为他们都再婚了，所以我就一直跟着奶奶。要知道我奶奶今年都七十岁了，她根本不管我。”

“我感觉得到。”优诺认真地说，“也许你不相信，但从你第一次到我的网站，我就感觉到了你的与众不同。”

“那就说点高兴的吧！”暴暴蓝说，“我也要出书了！”

“真的？”优诺说，“多让人羡慕。”

“嗯。有出版社愿意替我出书，我和他就是因为这个而分手的。他非常不高兴，认为我是在贩卖自己的隐私。”

“做你自己想做的。”优诺鼓励她说，“别让任何人改变你，这一点很重要。”

“我也许考不上大学了。”暴暴蓝说。

“那也没什么，你一定会成功的。你的书会好卖，你会有名，会忘记那些伤痛！”优诺安慰她。

“托你吉言。”暴暴蓝由衷地说，“谢谢你来看我，你来得真是时候。真的。”

“我明早就离开这里，对了，”优诺说，“七七知道我要来见你，让我问候你。”

“七七？”暴暴蓝说，“我好喜欢她，不知道为什么，我总觉得我跟她有很多相似的地方。”

“我还没见过她呢，你下次去我们那里，我们约她出来一起吃饭。”优诺说。

“等我有钱的时候一定去，请你们到最高档的饭店！”暴暴蓝豪情万丈地说，“无论如何，我都要写出自己的书。”

“你一定行！”优诺鼓励她，“不过没钱也可以来，大不了我请你吃臭豆腐。”

告别的时候她们很自然地拥抱。优诺不肯让她送，拍拍暴暴蓝的脸说：“要快乐点哦，等着你的书写出来。”她是那样独立和开朗，简直让暴暴蓝嫉妒。

暴暴蓝回到家，家里前所未有地灯火通明。

原来他们都在。父亲，母亲。怕是有五年了，他们没有一起跟暴暴蓝见过面。就算是暴暴蓝过生日，也从来没有过。

妈妈一见她就说：“手机号换了？怎么是空号？”

“半年前就换了。”暴暴蓝没好气地说。

“怎么这么晚才回家，要高考了，到底怎么样？想报什么学校？有多少把握？”爸爸像新华社的记者。

暴暴蓝看看爸爸，再看看妈妈，讥笑着说：“到现在才关心是不是太迟了？”

“倪幸，怎么说话呢！”妈妈说，“快要考试了，你还是住到我那里去吧，我也好照顾一下你的饮食起居！”

“不去！”暴暴蓝说。就算她忍受得了妈妈，也忍受不了她那个只有七岁的儿子。

“那就去我那里。”爸爸拼命地抽烟，像是和烟有仇。

“不去不去不去！”暴暴蓝摇着头下逐客令，“我哪里也不去，你们快走吧，很晚了，我要睡了！”

奶奶从里屋走出来，漫不经心地说：“别赶他们走，在没商量好你的大学费用到底由谁出以前，他们都不会走的。”

“你瞎说什么！”妈妈骂奶奶。

“闭嘴！”爸爸骂妈妈。

暴暴蓝沉默地走进里屋，关上了门。书桌上，是她心爱的电脑，很多个夜晚，她都用飞舞的手指在键盘上敲字，不知疲倦。

在这个世界上，有那么多的亲人和朋友，可是到最后，竟都抵不上一台电脑可靠。暴暴蓝打开电脑，进入城堡。那是一座小而金色的城堡，它写着：有点寂寞，有点痛，有点张扬，有点不知所措，有点需要安慰。那么，点开它，有点美。

今天，终于见过城堡的主人了，那是一个干净明朗的女孩子。笑起来的时候，惊天动地。她仿佛从天而降，见证一场爱情的别离。暴暴蓝就这么对妖精七七说。

妖精七七也惊天动地地笑了。她说：“暴暴蓝你是真的伤心吗？要知道，这个世界上根本就没有爱情。”

“那有什么？”

“我也想知道。”七七说。

“也许我会忘了他，也许永远也不会，天知道。”暴暴蓝打着呵欠说，“我困了，对我而言最重要的是睡一觉。”

“不许哭。”七七说。

“是。”

“乖。”

“再见。”

“88。”

奶奶敲门进来，对暴暴蓝说：“他们走了。”

“下次他们来，不要开门。”暴暴蓝从口袋里掏出两百块钱递给奶奶说，“我有稿费，不用跟他们要钱！”

“他们什么时候给过钱？”奶奶接过钱，有些无奈地说，“要高考了，你要考虑好自己的将来，有很多事，奶奶怕是来不及替你考虑了。”

暴暴蓝站起身来，替奶奶理了理头发说：“有出版社要替我出书了。很快我们就会有钱，到时候，我带你去海南玩啊。”

奶奶一生最大的理想就是去海南玩一趟，去看看天涯海角。有一次都差点成行了，“夕阳红”旅行团的名都报上了，却因为暴暴蓝突然发高烧而取消。

这件事，一直是暴暴蓝心里最大的遗憾。

“老喽，坐飞机会晕死的喽。”奶奶说，“你早点睡吧，明天还要上学呢。”

看着奶奶出去，暴暴蓝下线，关掉电脑。涂鸦一直没上线，挂在胸前的手机也一直没响过。她知道涂鸦不会打，那个自大而固执的男生，他一定以为还会有另外的一个七十二小时。只有暴暴蓝知道，不会有了，七十二小时，七百二十个小时，甚至七千二百个小时以后，他们都不会再相见。

爱情是真的不存在的，就像爸爸和妈妈，爱情对他们而言已经成为一道永不愈合的伤口和一个可耻的笑话。

所以，再见涂鸦。

祝你和西西相处愉快。

CHAPTER 3

优诺

我一直在等待　一个风起的日子

你可以陪我一起走过　春天的长堤

记忆是如此的拥挤

冲垮我们来时的每一条路

比较庆幸的是　我到底在你心上

住过一阵子

清晨七点，优诺已经走进了汽车站。

车站里人并不多，好几个男人围上来，问她准备去哪里。优诺摇摇手，走到窗口买了一张去目的地的车票。刚刚坐上车，手机就收到了暴暴蓝发来的短消息：“亲爱的，行走快乐！很高兴见到你：）”

优诺笑笑，回：“我也一样：）”

她真的很高兴见到暴暴蓝，这个娇小的有着层出不穷的文字灵感和写不尽的美妙故事的女生。优诺其实是很少见网友的，暴暴蓝是个特例。不知道为什么，优诺总可以在她的身上看到以前的自己，如同她的文字，偶尔羞涩偶尔张扬，将女孩子的心思描绘得淋漓尽致。所以，感觉特别的亲近。

她这一次要去的是一个小镇，听说那里此时有怒放的樱花，所以忍不住想去看一看。其实这一年的不用读书和考试的日子里，优诺仿佛一直都在旅行。用家教和写稿挣来的钱，背着简单的行囊，带着心爱的相机，行走，行走。

而网站上的“行走的风景”也因此成为被热捧的专栏，她沿途拍下很多的照片，配上优诺独特优美的文字，再加上出手不凡的制作水准，使得本来是很无心插柳的东西，意想不到地得到了无数人的认同和喜爱。

直到他发出邀请：“什么时候来苏州走走？”

那是一封很简单的E-mail，连问候都没有，只有这样的一句话：“什么时候来苏州走走？”宿舍里空无一人，阳光把电脑屏幕照得一片发白，优诺起身，慌乱地关掉了电脑。

她没想到，他居然还会看自己的网站。他在苏州，一个那么遥远的地方，关注着自己的点点滴滴。

苏州对于优诺，一直都是一个不能触碰的城市，有很多次坐车都经过它，但优诺从未有过停留，原因很简单，因为那里住着他。他，他的生活，这两年来，于优诺都是一种不愿触及的回忆。

他叫苏诚，是优诺的校友，比她高两届，已经毕业工作。很多时候，“过去”是一种相当蛮横的东西，尽管优诺数千次刻意地想切断它，可是往事还是会无声无息地如影随形。

遇见苏诚，应该是优诺一生中最美丽的时刻。

那时她在念大二，出版了她的第一本散文集《春天的模样》，又当上了校报的主编和校学生会的副主席，真可谓春风得意。当时她最大的爱好是在黄昏的时候去阶梯教室，听那帮男生弹吉他唱歌，这支吉他队附属于校学生会，他们一律叫她“头”，看到她一进门就会拿着吉他一阵猛敲，然后问道：“头，今天想听什么歌？”

优诺被这帮男生宠得有些不像话。

听歌的时候她喜欢坐到桌子上去，头一点一点的，看他们纤细而有力的手指在琴弦上弹拨。男孩们的声音干净极了也纯粹极了，只是好像用吉他来伴奏的歌总有那么一点忧伤。她常常那样淡淡地沉浸在一种情怀里，直到晚自习的铃声不近人情地响起。

优秀的女生当然不会寂寞，追优诺的人很多。夜晚的时候还有男生拿着玫瑰在她楼下为她唱情歌，优诺不为所动，别过脸看成群的鸟斜斜地飞过窗外的天空。那是一些可以飞扬跋扈的日子，没有尝过失败的滋味，天很蓝，树很绿，花很红，毫不怀疑明天会相当的美好。

直到苏诚出现。

苏诚是计算机系的。那时优诺她们寝室被获准可以上网，优诺第一个申请了，但不知道为什么一上网电脑就老死机。同宿舍的清妹看到优诺气急败坏的样子，便好心说：我有个计算机系的老乡，很厉害的哦，让他来替你调试调试吧。

苏诚一走进来，优诺就吓了一大跳，她从不知道学校里居然有一个长得如此有棱有角的男生，好像眉毛鼻子都会说话一般，她一看他，心就止不住地狂跳。

“这电脑里都是些什么？”苏诚一边熟练地挪动鼠标一边皱着眉头问，“怎么会有那么多乱七八糟的文档。”

“那是我写的字。”优诺咬着一颗话梅说。

“你的电脑像个堆杂物的贮藏室！”苏诚回头笑着对她说，“得好好整理整理啦，难怪会死机呢。”

“好事做到底啦！”优诺把手里的话梅伸过去说，“喏，我请你吃话梅。”

“行行好，牙会酸掉的。”苏诚一边干活一边建议说，“你写了这么多东西，干吗不在网上弄个个人主页？”

“我哪会！”优诺说。

“可以学嘛。”苏诚说，“这样的培训班很多，而且有不少网站提供自助文集，很简单的，一试就会了。”

“优诺是作家。”清妹插嘴说，“我们校园里的风云人物，你不会不知道吧。”

“对不起啊，”苏诚不好意思地说，“我真是孤陋寡闻。”

“什么呀，只是喜欢写点字而已。”不知道为什么，优诺急于想让苏诚知道她的厉害，简直有点迫不及待。于是拿出自己的散文集，装出一副漫不经心的样子对他说：“喏，我的书，送你一本！算是付你的劳务费喽。”

苏诚很认真地用双手接了过去，翻开第一页又递回来：“签个名？”

优诺很认真地签下她的名字：优诺。

苏诚接过去看了，笑笑说：“有姓优的吗？”

“笨，笔名。”

“哦，下次记得要签得龙飞凤舞一点！”

“为什么？”

“名人都是这样的啊！”

“去你的！”天性活泼的优诺条件反射地出拳打他。他也不躲，任她重重地一拳打下去。说实话她没想到他不躲，所以下手重，正打到他胸口，打得他龇牙咧嘴起来。优诺赶紧说："对不起啊，我没想到你不躲的！"

"呵！"苏诚说，"我没想到你真打！"

"打打就成冤家了。"清妹又在一旁插嘴，笑嘻嘻的，一副了然于胸的样子。优诺的脸腾一下就红了。

那天苏诚是中午来的，一直忙到黄昏才算结束。优诺不好意思了，一拍手说："走啊，我请客吃饭。"

"不去了。"苏诚说，"今天我还有事，就欠在这里吧。"

优诺感激地发现，他很细心地把书藏在了衣服里。

苏诚走后，优诺从清妹那里了解到，苏诚很快就要毕业了，女朋友是同系的，典型的江南美女，会跟着苏诚一起回苏州。

"听说苏诚家在苏州还是很有能耐的。"清妹说，"好像还挺有钱，我们同乡聚会，多半是苏诚掏钱请客呢。"

"哦。"优诺淡淡地应着。

好男生，不是来得太早，就是来得太迟。她根本没想过会和苏诚之间会再有交集，如果不是那次春季运动会。那次优诺被班主任逼得没办法，只好报名参加了女子三千米的长跑比赛。本来参加的人就不多，好多人跑到一半就停了下来，只有优诺坚持到了最后。到了终点的那一刻，优诺只觉得头晕目眩，差一点就栽到地上去，一只手及时地扶住了她，竟是担任记分员的苏诚。他的手臂是那么有力，撑起了优诺的整个身子。然后优诺就听见他说："真是够傻的，跑不动就不要跑完嘛。"

"开始了，就要有结束。"优诺笑笑，不露痕迹地从他手里挣脱。他递过来一瓶矿泉水，优诺一口气喝掉了它，然后发现他正盯着自己笑。天啊，那笑简直是无与伦比的杀伤武器。优诺把空瓶子扔向半空中，瓶子画了一个优美的弧线。优诺转身就走，苏诚看着优诺的背影，跳起来接住了它。

第二天，天空飘着蒙蒙的细雨。优诺坐在图书馆的一侧，隔着透明的玻璃窗看着苏诚从远处慢慢地走近，他没有打伞，一身休闲服把他衬得更加的挺拔。优诺看得有些发呆，好半天才猛然醒悟似的重新把头埋进书里。

只是心一直无法归位。

“你好啊，优诺。”不知道过了多久，忽然有人喊她的名字，抬头一看竟是苏诚。他站在她对面弯腰问：“我可以坐吗？”

“当然。”优诺咧嘴一笑说，“图书馆又不是我家的。”

苏诚也笑，坐下说：“我看过你的散文了，写得真是不错！”

“那还用说？”优诺挺得意。

“电脑好用了？”

“好用了，谢谢你。”

“昨天你真是勇敢啊，”苏诚说，“我还没见过比你更有耐力的女生呢。”

“呵呵。”优诺不好意思地说，“别夸我，我会脸红的。”

“呵呵，脸红好看嘛。”苏诚油嘴滑舌完，马上又正经起来说，“对了，我想征求一下你的意见，我们系正在举办一个网页制作大赛，我想用用你的文章，不知道可不可以？”

“可以。”优诺说，“你随便用好了。”

"如果有事，怎么找你？"

优诺拿出便签本，写下自己的手机号码递给他。苏诚很认真地收起来，然后两人面对面地看书，不再说话了。

那天一直都在下雨，仿佛约定好一般，他们都在图书馆里坐到很晚。这期间苏诚的手机响了一次，不过他把它给按掉了。

快到七点的时候苏诚问优诺："食堂没饭了，晚上你吃什么？"

"方便面喽。"优诺赶紧收拾好东西跟他说再见，她当然记得自己欠苏诚一顿饭，只是希望苏诚自己会提起。可是等了这么久，事到临头了，却突然害怕起那个邀约来。优诺在缠绵的细雨中落荒而逃，脚步和心一样凌乱。

"一见钟情"，这个世上，是否真的有这个词？

那夜，优诺失眠了。她跑到清妹的床上跟她挤在一块，不自觉地就说起苏诚来。清妹叹口气说："苏诚这人什么都好，可就是耳根子软，挺没劲的。"

"怎么会？"优诺说，"他看上去还是挺有男子汉气概的呀。"

"反正他就是怕他女朋友。女朋友说东他不敢往西，女朋友说南他不敢往北。"

"那个女孩一定挺优秀吧。"

"我看就那样。"清妹说，"也是苏州人，听说他们是青梅竹马。就是怕苏诚被别的女生抢走，所以考大学的时候死活和苏诚考到了一个学校，还念一个系，搞笑！"

"是不是有点傻啊。"优诺说，"爱情可不是能用绳子捆得住的呢，越紧张越容易丢失！"

“那你这个爱情专家去给她上上课啊。”清妹打趣说，“没准她还要好好谢谢你呢。”

那晚的聊天以优诺的叹息作为结束。清妹困了，一扭头就睡着了，优诺却翻来覆去没有睡意，差不多是睁着眼过了一夜。第二天经过计算机系的那栋楼的时候，就不自觉地绕了弯路，自己也不知道自己到底在躲避着些什么。

再接下来就是五一，优诺没有回家。清妹便邀请她去参加他们的同乡聚会，并说：“这次是在阳光KTV，还是苏诚请客。等他毕业了我们就没钱去那么高档的地方了，所以这次要狠狠敲他最后一笔！”

“你们同乡聚会我去凑什么热闹？”优诺说。

“哎，我们这些人唱歌都不专业。苏诚让我找几个会唱的，还特别跟我提起你呢。”清妹说，“你是专业水准，错不了的！去啦，算是给我个面子！”

反正假期也漫长，优诺没有再拒绝。

那是优诺第一次见到苏诚的女朋友，她叫田田，很纤细很柔弱的一个女生，跟谁都笑笑的。苏诚很体贴地给优诺端来一杯茶，笑说：“大明星今天来撑场面，真是谢谢啦。”

“别晕我。”优诺尽量自然地说，说完就和清妹她们说说笑笑起来，不再去看苏诚和他的女朋友。

优诺唱歌不错，所以那晚的优诺真的成了明星，只要一唱就会换来满堂的喝彩。最后一首，她近乎恶作剧地点了赵咏华的《相见太晚》：

如果相见不会太晚，我们就不会悲伤
和你堂堂地手牵手，过得好简单
若我有天不见了，或许你会比较快乐
虽然有万般舍不得，也不愿看你难割舍
若我有天不在了，请你原谅我的困扰
虽然你给我的不算少，只是我没福气要
……

间奏的时候，优诺的眼光和某个人有一秒钟的交错。

心里的泪，却在瞬间滴成了海。

还好，这应该是一个秘密，谁也不会知道的秘密。那次唱过歌后，优诺迅速地换掉了自己的手机号码。苏诚再找到她的时候，已经是他毕业的前一个星期了。他很直接地把她堵在女生楼的门口。

“要走了吗？”优诺挤出一个笑脸。

“对。”苏诚从口袋里掏出一张纸片，上面写着一个网址。递完，他就走了，连再见也没有跟她说。

优诺回到宿舍就迅速地开机上网，出现在眼前的是一个网站。全黑的底色，左下角有一个闪着诱人金光的小小城堡，网站的名称取自优诺的一篇散文的名字：小妖的金色城堡。

再点开来，是她的文集，每一个细节，都处理得尽善尽美。

优诺看着它发了十分钟的呆。然后离开电脑走到阳台上拨苏诚的手机，手机只响了一声他就接了起来，优诺却一句话也说不出，只对着电话喘气。

“是你吗？优诺？”苏诚问。

“是。”优诺说完就哭了。

“别哭啊，我就要毕业了，这是一个小礼物，”苏诚说，“希望你会喜欢。”

“礼太重了。”优诺好不容易镇定下来，“花了你不少时间吧？”

“你可以回报我。”苏诚说，“你一直欠我一顿饭。周六再不请，怕是一辈子都得欠着了呢。”

“我请。”优诺说。

“那就周六晚上六点半。”苏诚说，“在‘圣地亚’，好吗？我等你。”不知道是不是怕优诺拒绝，苏诚说完就把电话挂了。

周六的时候，优诺犹豫了很久，还是抵不住内心的诱惑去赴约了。苏诚果然等在那里，他的个子很高，优诺走近了他，才发现自己只能到他的胸口。低着头随他走进“圣地亚”，那是市里相当有名的一间西餐馆，环境不错，服务也很周到，有低缓的音乐。一个声音沙哑的男人在唱：“I'm sailing, I'm sailing……”

优诺知道这首歌，名叫《航行》，歌里说，靠近你，靠近自由。

优诺清清楚楚地知道，这样的一次靠近后，将会是终生永远的别离。

苏诚替她点了一杯Cappuccino，那白色的泡沫，就如同优诺绝望的心。

很久以后，优诺在自己的网站上看到妖精七七所写的一张与西餐厅有关的帖的时候，立刻就想到了这里，她回了一张帖，只有三个字：“‘圣地亚’？”

七七在聊天室里给她大大的拥抱，于是她知道，她们原来住在同一个城市。

七七问她："你也常去那里吗？"

"不。"优诺说，"我去不起。"

"那是有人请喽？男朋友？"

"不是。"优诺说，"是别人的男朋友。"

"哦呵，原来优诺是三角恋啊？"七七笑她。

优诺不答了。三角恋也是恋呢，可是她和苏诚，根本来不及恋就已经分手。从此红尘两隔，再也不会相见。冰雪聪明的优诺那晚去"圣地亚"前心里就相当清楚，不赴约是绝望，赴约也同样是绝望。这一切就如同自己一篇散文的开始："有一种相遇，是不如不遇……"吃完一餐饭，一切都会结束。

优诺一直记得苏诚那天的开场白："我和她算得上是青梅竹马，她为了我，特意考到这个学校来读她不喜欢的专业……"

优诺用手势制止他说下去。

"是我命不好。"苏诚摇摇头，直白地说，"错过我心爱的女孩。"

"谁？"优诺抬起头大胆地问。

"你。"苏诚看着优诺，给了优诺最想要的答案。

够了，这就够了不是吗？

没有牵手，没有拥抱，当然更不会有亲吻。苏诚只是执意地付掉了那晚的账，然后送优诺回去。快到学校的时候，优诺说："再见。"然后飞奔。不可以掉泪，当然更不可以让苏诚看见自己的泪。

所以，苏诚离校的那天，优诺没有去送他。她一个人去了电影院，看了一场平淡无奇的电影。电影的最后，男主角和女主角拥抱的时候，优诺流下泪来，在别人的故事里流自己的泪，优诺才明白自己走进电影院不过是为了寻找一个可以流泪的借口而已。

苏诚走后，优诺的手机号码再一次换掉，日子继续。

优诺在漫长的暑假里报名参加了一个电脑培训班，学会了制作网页。她整日整夜地挂在网上，将苏诚留给她的网站尽可能地完善。如今，网站已经拥有了国际域名，访客一日比一日增多，而优诺也已经是一名研究生了。

没有想到的是，苏诚，这个早就被深藏在岁月里的名字，却又忽然被翻了出来。

“什么时候来苏州走走？”没有留名，没有别的话，但优诺一看那信箱就知道是苏诚，信箱的用户名是“suyou”。

苏，优。

原来，他和自己一样，从来就没有忘记。

优诺在小镇下了车，这是隶属于暴暴蓝她们市的一个小镇，不有名，也没有发展成旅游胜地。优诺知道它是因为一个网友贴的一张图，一树的樱花粉粉白白地立着。知道是这里后，优诺就执意要来走一趟，按照网友所提供的路线，坐上一辆三轮车，给五块钱，优诺很顺利地到达了目的地。

从没见过那么美的樱花，优诺终于可以暂时放下心事，兴奋得有些不能自持。远远望去，繁华满树，似雪非雪却胜雪，仿佛层层叠叠密密麻麻地要把枝头压弯了。金黄的阳光投射在薄的轻盈的透明的花瓣上，似乎是白色的？粉色的？间或一阵风吹起，成群结队的细碎花瓣呼啦啦地飞落。

优诺看直了眼，手里的相机都忘了举起。

就在这时，手机响了。

优诺没看就接，电话那边传来的声音是陌生的，却又带了一种要了命的熟悉的亲切感："优诺，是不是你？"

条件反射一般，优诺吓得一下子把电话挂了。

一分钟后，手机再响，优诺再接。那边笑了："怎么了？害怕？"

"是的。"优诺说。

"你现在在哪里？"

优诺说："我正在看樱花呢，很美，太美了。"

"一个人？"

"一个人。"

"我来陪你看好不好？"

"别开玩笑了，你在千里之外。"

"坐飞机，很快的。"那边说，"只要你点头，我就来。"

"苏诚。"优诺平静地喊出他的名字说，"要知道，我们都已经过了冲动的年纪。"

"你在责备我。"苏诚说，"你在责备我在本该冲动的年纪却没有冲动是不是？如果真是这样，这三年的后悔和惩罚难道还不够吗？"

"别胡扯。"优诺低声说，眼底却有雾气突然地升了上来。

"天知道，我从来没这么认真过。"苏诚说。

“我要挂了。”优诺说，“我要挂了，你不要再打来。”

说完，优诺真的挂了电话。然后，她席地而坐。午后的风徐徐地吹起，落樱如雨，在优诺的眼前跳起一场碎金般的无声的舞。

有一些过去，过去了就永远回不来。优诺用了很长的时间才填补好内心的空白和伤口，她没有力气再回望，只有拼命地一往无前地前行，如同当年那个上了三千米的跑道就不愿意临阵脱逃的女生。

聪明的苏诚，难道你连这个道理也不懂吗？

CHAPTER 4

有些事我没说

天空是灰的

好在我穿了彩色的衣裳

所以看起来

还不至于太坏

如果不是实在没辙，千万不要离家出走。

这是我每次离家出走后最大的醒悟。

吃不好就算了，最糟的是那些天我没有睡过一个好觉，宾馆里的床太硬，而且我有点怕。稍有响动，我就瞪大了眼不敢再睡了。

所以回家后，我差不多一直都在睡觉。这种深度的睡眠被一个又一个的电话野蛮地割断又重新坚强地连接在一起。我是不会接电话的，如果伍妈也不接，它就会一直一直地响下去。我在丁零零的铃声里强撑着睁了一下眼又继续睡。我一边睡一边做了很多稀奇古怪的梦，梦到我被麦子带到很高很高的一座山上，她用巫婆一样充满诱惑的声音对我说："七七，跳，往下跳……"

我没跳，吓醒了。

时钟指到中午十二点。

我起来洗了个脸，懒洋洋地下楼，发现林涣之竟然没去上班，而麦子正端着一大碗汤从厨房里走出来。我讨厌她这种以女主人自居的架势，所以没给她好脸色。

"呵，七七。"她把汤放到桌上，讽刺我说，"流浪归来了？"

"你挺失望吧。"我笑着说，"瞧，电灯泡又回来了。"

"怎么说话呢？"林涣之用筷子拍拍桌子说，"吃饭，吃饭！"

饭桌上，麦子坐在我的正对面。我知道，她一直在偷偷地看着我。看了许久她终于忍无可忍地说："七七你怎么吃得下这么多？"

"我饿。"我说。

"你一定要吃早饭，这是基本的常识。"她说。

"她每天中午十二点起床，早饭就是午饭。"林涣之替我回答。

我继续喝汤，伍妈烧不出这么好喝的汤来，想必一定是麦子的杰作。一大碗汤，霎时被我送进肚里。然后我一声不响地离桌，其实我也奇怪自己怎么可以吃那么多，对着麦子那样的女人，我怎么可能有胃口？

可是我刚上楼她就尾随而来，礼貌地敲门，并喊我的名字。我把门拉开，她一面走进来一面问我："又要开始上网？"

"也许吧。"我眼睛不看她，懒洋洋地说，"还没想好呢。"

"不如我们出去玩玩？"麦子说，"难得我今天休息，我们去逛逛商场，天已经热了，你这季的衣服也该全换了。"

"又是林涣之派给你的任务？"我说，"不用说，一定又是我穿的哪件衣服让他看不顺眼了吧。"

"那还用说！"麦子上上下下地打量我，皱着眉说，"你这条绿色的长裤从哪里来的？简直绿得刺眼。"

"配上鲜红的上衣会更好看，可惜我没有。"

"好在你没有。"麦子说，"也好在他没有心脏病。"

“为了你我会努力气他，气不出心脏病也气出个别的什么疑难杂症，比如抑郁症什么的，这样你才有用武之地嘛。”我当然话中有话。

麦子的脸白了一下，不过很快就恢复正常，她把手放到我肩上来，语重心长地说：“七七，你可不可以不要让他那么担心呢？要知道他真的很爱很爱你。”

“别麻，拜托！”

“哈哈。”她笑。

“你别烦我。”我说，“要逛街找林涣之，他替你开车再替你付账，你多威风。”

“他？”麦子瞪瞪眼说，“早就去公司了，哪里会有空陪我！”

“那你找有空陪你的，别指望他。再说他真的老了，一点情趣也没有，我看你早就该醒悟了。”

“你这丫头哪来这么多论调？”她拉我，“到底去不去？”

“不去。”我说，“你也别生气，要知道我这都是为你好。”

她不解地看着我。

于是我说：“你想想，我要是当着别人的面叫你妈，你脸上挂得住吗？”

“你不是以为我一直都盼着这天吗？”这些年麦子的脸皮也被我磨得够厚了，“我倒是没什么，只怕你喊不出口！”

“我输！”我举起双手说，“那个……什么的皮也没你的皮厚。”

麦子只当没听见，在我床边坐下说：“七七我真想知道，到底是什么原因，让你变成了这样一只小刺猬呢？”

“你猜呢？”我似笑非笑。

“回学校去上学。”麦子做出一副诚恳的样子说，“你要可怜可怜你爸爸，从你离家出走那天起他就开始胃痛，我今天也是来给他送药的。”

我沉默。就算我心疼林涣之，也不能让她看出来。

“那我先走了，如果你改变主意想逛街了，可以随时打我电话。”谢天谢地，她终于停止聒噪，走出了我的房间。

我松口气打开电脑，一上网就看见布衣在论坛上发了一张帖子，叫:《鸽子鸽子满天飞》。

该帖详尽诉说了我如何约了他又放他鸽子的事，言语凄婉搞笑，整个一可怜巴巴的活宝怨男。我看到的时候已经有一大堆的人跟帖，有人笑话他没有一点自我防备的意识，被耍也是活该；有人替他打抱不平，一身正气誓要扫平网上所有“妖精”。

我赶紧申明:“本人那晚确实在‘圣地亚’，放鸽子的人不是偶不是偶，请各位睁大雪亮的眼睛！”

布衣很快回复:“女人啊，你的名字是骗子。”

我溜进聊天室，点了他的名字就一阵狂扁。他被我打得晕头转向，发过来甜蜜悄悄话:“美女美女你停手，打我弄疼你的手！”

“干吗在论坛上胡说八道？”我问他。

“我从七点等到十点，脖子都差点望成长颈鹿了，心里那个酸啊恨啊不写写帖怎么可以得到释放？”

“我真去了。”我说，“还大吃了一顿，一直没见你。”

“不是说没钱了吗？”他记性倒是不赖。

“有人请嘛。”

“天啊天小妖女，难不成你约了我还约了别人？”他一串的问号加感叹号，做出一副纯情得要死的假样。

“不行吗？”我说。

“难怪我站在门口几小时，就愣是没见着一个单身的小姑娘。”

“你真去了？”我问他。

“骗你是狗娘养的。”他说。

“下次我请你吧。”我有些歉意。

“那你要单独赴约，我才可以好好收拾你。”他说。

“当心你被我收拾了。”打情骂俏我可不怕他。

“我怕怕。”他说，“但是，我要明知山有虎，偏向虎山行。七七你对我诱惑太大了，就明天，我想见你，如何？”

“明天不出门。”我断然拒绝。

“后天？”

“也不出门。”

“大后天？”

“也不出门。”

“被老爸关禁闭？”他恍然大悟地说，“你告诉我地址，我来英雄救美！”

“没那回事。”我说，“我有自闭症。”

“你是妖精！”他咬牙切齿。

“我是妖精七七。”我纠正他，然后不再专心与他交谈。

我对急吼吼的男生一向没好感，对布衣，我仅有的一丁点儿好奇心因为他的步步紧逼而消失殆尽。所以我承认暴暴蓝所说的：我是一个在深度寂寞中随时等待新鲜刺激的奇异女生，绝不肯也不会为谁停留。

暴暴蓝还说，她要采访我，要我当她长篇小说里的主人公。我连忙说：不要不要，那你的书一定卖不掉，我太灰了，没一点儿色彩。

“这话说得妙！”暴暴蓝惊叹说，“七七你也可以当作家，还有啊，我的小说就叫《小妖的金色城堡》，把优诺的名字抢过来，你说好不好？”

“行哦。你的小说还不是你想咋整就咋整！”

“告诉我你的故事。”暴暴蓝说，“我保证写好。”

“真是对不起你，我没故事啊。”我说。

“那就说说你为什么要离家出走？”她并不放过我。

“你离家出走过吗？”我耍花招。

“没有。”她说，“或者也可以说，我一直漂泊。”

“为什么？”

“因为那个家不是我真正意义上的家。”她说。

“那么我也一直在漂泊。”我说。

暴暴蓝沉默几秒后说：“听首歌吧。”她替我放起林忆莲的《灰色》。很老很老的一首歌，那时的林忆莲声音里有一种寂寞的尖锐，不停地喊着：灰色，喔喔喔喔……喔喔喔喔喔……直喔得你喘不过气。暴暴蓝在那样的歌声里对我说：“七七我不逼你，不过你要是有想说的话，可以发到我信箱。”

我答应她。

其实我偶尔也记日记，不过那些东西写完了就算了，我从不敢往论坛上贴，自己也不愿意再去看第二眼。我没有优诺和暴暴蓝那样的好文笔，每次作文都只是及格而已，我只能把这些细细碎碎不成样子的东西存到电脑的一个角落里，作为一种纯粹的纪念。

或者，一种释放的方式。

在网上晃了两个小时，我觉得闷了，于是离开电脑到露台上透透气。我的房间里有个很大的露台，抬起头来天空可以一览无余。我所居住的城市有不错的气候，夜空常常晴朗，星星一动不动。

林涣之的房间没有动静，看样子他还没回来。很好，他不会来打扰我。虽然他对我的放纵，已经到了我自己都不好意思的地步。

我却忽然不知好歹地感到莫名的腻烦。这样的日子，不知何时会是尽头。如果真的出去读书，是不是就可以解决一切问题？不不不，也许我所要的，并不是这些。我最大的痛苦就在于我永远都不知道自己最想要的是什么，这不仅是痛苦，简直是悲哀。

我回到房间拨通了林涣之的手机，他过了很久才接，问我："七七？有事吗？我在开会。"

"没事不可以打电话吗？"我说。

"是你没事你不会打电话。"他说。

"这么晚了还开会，有那么多事要做吗？"

他在那边沉默，感觉很容忍的样子。

"有人说你胃疼。"我又说。

"回头再讲。"他挂了电话。

我再打，他关了机。

我摔了电话，又开始觉得困了，于是回到床上继续睡。其间伍妈上来过两次，推了我几把唤我吃饭，我支吾了一声，没起来。等我再醒来的时候已经是晚上七点，伍妈下班了，桌上留着饭菜。林涣之倒是回来了，正在沙发上看新闻，见我下楼瞄我一眼说："你醒了？"

"嗯。"我说。

他看着我说："我已经申请替你复学，不过在这之前，你要先把功课再补习一下，我会替你请家教的。"

"你不是答应送我出国吗？"我说。

"我只是答应考虑，等你高中毕业再去也不迟。"林涣之说，"下周一起会有家教来，你这两天好好调整调整，以后不可以再这样没日没夜地睡。"

"都是麦子的主意吧。"我不高兴地说。

"胡扯什么？"林涣之说，"还不吃饭去？"

我朝他喊过去说："我不想读书了，要不我出去做事吧。"

"你可以做什么？"他饶有兴趣地问我。

"我想开家精品店。"我无理取闹，"专门卖女孩子喜欢的小东西。你投资，我会很快连本带利还给你。"

"不。"他说，"我从不做有风险的生意。要做也不是不可以，至少要等你学过相关的专业知识拿到相应的文凭后。"

"你不也没什么学历吗？"我说，"不是照样做得很好？"

"我是如假包换的硕士。"他说，"要不要给你看看我的学历证书？”

什么？我惊讶。

林涣之是硕士？我怎么从来都不知道？

但是我知道他没有撒谎，在这些事情上他从来都是说真话的，他不是那种虚荣的人。于是我心虚地问：“什么专业？”

“经济学、国际贸易学，双料硕士。”他从椅子上站起来说，“你看你，如果连大学的门槛都跨不进叫我这老脸往哪里搁？”

我笑。

这么多年了我真的是一点儿也不了解他。

他看着我说：“笑什么？”

“我在想你到底有多少钱，另外，你还有多少事是我所不知道的。”

“想要了解一个人，其实半天就够了。”他拿起外套说，“我有点事要出去一下，你一个人在家要不要紧？”

“有什么要紧的？”我说，“我又不是三岁小孩。”

“最好不要出门，有人按门铃也别乱开。”林涣之说，“那个男生这两天一直在家门口转悠来着。”

“呵呵。”我得意地说，“这只能说明我有魅力。”

“真不知道你在得意什么！”他白了我一眼，拿了外套夺门而去。

我是得意，想让林涣之生气也不是那么容易的。据说他们公司的员工都挺怕他，因为他脾气难测，谁也不知道他到底什么时候生气又什么时候心情好。要不是待遇好，估计没几个人愿意替他卖命，当然涂金色眼影的朱秘书除外。

林涣之刚一出门，电话就响了。

我接起来。

又是那个姓曾的男生。他语气激动地说："叶小寂，你终于肯接我电话！"

"有话就说，有屁就放。"

"我想你了。"他温柔地说，"我一直一直在想你。"

他的话让我浑身起鸡皮疙瘩，他却还在不折不挠地说："我看到你爸爸出门了，你出来吧，我们见一面，我就在你家门口。"

反正也无聊一天了，找找乐子也行。

我吩咐他先等着，然后挂了电话从二楼的阳台上看下去，他果然远远地站在那里。夜色里我看不清他的脸，可是他个子很高，看起来仿佛很帅。他是我们学校出了名的白马王子，曾经还有女生为他大打出手过。可是他现在都成什么样子了，我知道有不少的人会骂：叶小寂是妖精，他上了妖精的当了。

可怜的孩子。

我挥手示意他，他走近了，我朝他喊："对不起，我出不了门！"

"你爸把门反锁了？"他自作聪明。

我示意他往上爬。其实我也只是想试试他的胆量，好家伙，只见他把书包往后一背，后退两步，作势真的要往上扑。

"算了算了，你等我！"我心软了，跑下去开了大门，朝他喊过去："喂，你名字里的那个'伟'字到底是人字旁还是火字旁。"

"火字旁。"他走近我，肉麻地说，"我胸中有一团熊熊烈火只为你燃烧。”然后，他伸出手，一把抱住了我。

我挣脱他，低声对他说：“你快走吧，小心他会揍你。”

“谁？你爸爸？”曾炜摇着头说，“我看他比你和气多了。”

“那是表面现象。”我说。

“废话那么多？”我急着要关上门，他却一把拉住我说：“这个周末，我爹妈都不在家，到我家去玩好不好？我有好看的碟片。”

我曾经和他一起看过碟片，在他家。是那种很恶心很恶心的东西，不过为了不在他面前丢脸，我努力装出不在乎的样子。

那一天的曾炜就像一只警犬，一边看一边听着门外的动静，怕他妈突然回家。结果他妈妈果然就回来了，把曾炜吓得屁滚尿流，直把东西往我包里藏。他妈妈用一种很不欢迎的眼神看着我说：“你是谁，你来我家做什么？”

“你儿子有好看的碟片请我看呢。”我说。

可怜的曾炜小脸都白了。

“什么碟片？”她妈妈问。

“蜡笔小新啊。”我笑着说。说完，我就背着包走出了他的家门。那以后，我再也没跟这个懦弱的笨蛋说过一句话，谁知道，他却一直不肯死心。

“你不要再缠我了。”我说，“我从来就没喜欢过你。”

“不，你喜欢的。”曾炜不死心，激动地说，“我可以感觉到你喜欢我的，你不要骗我，也不要骗你自己。”

“放手！”我低喊。

“你答应我我就放。”他又抱住了我，他的拥抱激烈而执着，弄得我疼得要命，我没有再挣扎。然后我听到他说："Kiss me？"

我把头抬起来，就在这时，一束光照到我的脸上，是林涣之的车灯。见鬼！我竟然没听到他车子的响声。曾炜吓了好大一跳，慌慌忙忙地放开我。我也有些尴尬，低下头摸了摸头发。

林涣之走下车，他看上去平静极了，却不怒自威。

我愤怒地踢了曾炜一脚，把他踢得哇一声叫起来，却又咧嘴一笑低声说："值得。"

就在这时，林涣之拿着车钥匙走了过来，站在曾炜身后，对他说："时间不早了，你该回家了。"说完，越过他走进屋子，并顺手带上了门。

进来后，他并不看我，径自朝楼上走去，我近乎挑衅地朝他背影喊："你不高兴是不是？可是你为什么不骂呀？你装什么好人，你偷偷摸摸地回来不就是想找我的把柄吗？你骂我呀骂我呀，我告诉你我不怕你！"

"你觉得自己该挨骂吗？"他回过头来问我。

我被他气得只有喘气的份。

他继续说："如果是这样，自省吧，效果会更好些。"

我打定主意不激怒他绝不罢休，于是跟着他一直到了他的房间，看他从床头柜上扬起他的钱夹说："你看，我忘了带它了。"

"你去哪里？我也要去！"我说。

"好啊。"他扬眉说，"那我们走吧。"

我怀着满腔的斗志上了他的车，我在车上一直想，不管他今晚要跟谁约会要去干什么，我一定要把这个局搅个乱七八糟，我恨透了他，恨透了他那副吃定我的小样儿！

可是我没想到，他却把车一直开到了“大学城”。

这是我们这里很有名的大学生聚会的地方，说是“城”，其实也就是一个小小的club而已。

我本来有所怀疑，但很快明白这确实是他本来的目的地。因为，麦子等在门口，见了我们高兴地迎上来说：“让我等这么久，怎么？七七也跟着来啦？”

“是啊，你不欢迎也没办法了。”我冷冷地说。

“怎么会！”麦子说，“你自己的家教自己来挑挑也是应该的嘛。”

啊？原来他们是来替我找家教的。

“走吧！”麦子推我一把，“是两个大三的女生，等了半天了。”

“怎么不是帅哥？”我故意花痴地说。

“也行啊，不满意你可以自己重找嘛。”麦子转头对林涣之说，“这里的历史很悠久了，是一个很健康的地方，我上大学的时候就常来玩。”

我刚一进门就看见了优诺，她正在那个小小的舞台上，坐在一支话筒前微笑。一个男生坐在她身边弹起了吉他，有人在喊：“优诺，优诺，来一首呵！”

他们不喊，我也知道是优诺，我在网上见过她很多的照片，短发，每一张都巧笑嫣然。可是真正看到了，才发现她最迷人的是那双眼睛。世界上怎么可以有如此活泼动人和明亮的眼睛，简直让我自惭形秽。

台上的她点了点头，开口唱起来：

有些事我没说，但我有感觉
有些事我没做，但我知道结果
有一天我会，插上翅膀飞
有一天我会，张开双眼看
有一天我会，见到我的梦中有谁
有一天我会，飞越世界的背

当太阳升起那一天你再看我一遍
你将会发现我所有的改变
……

那歌声清澈温暖，如同优诺本人。这还是我第一次真正地见到网友，虽然在网上和她很熟，可现实还是让我变得不安甚至羞涩。

随着优诺一曲歌罢，掌声响起，她的眼神越过某人的头顶与我有一秒钟的相接。我犹豫着，不知道该不该走上前，告诉她，我就是七七，妖精七七。

CHAPTER 5

刀尖上的舞蹈

我在刀尖上舞蹈

沉重也好　轻盈也罢

从脚底到心里

总归是蔓延的疼痛

这是和涂鸦分手的第十天。

暴暴蓝趴在桌上刻下第十个印记的时候，老师把她从教室里请了出去，语重心长地对她说："早读课你就能睡着，像你这样怎么参加高考？用什么考？"

"我没睡着。"暴暴蓝说，"老师你看错了。"

"嘿！"老师说，"没早读是真的吧，你看大家现在连走路都恨不得跑，你怎么一点儿也不着急？"

"急得来吗？是怎么样就怎么样，就这么点时间了也不可能出现奇迹。"暴暴蓝自暴自弃地说。

"倪幸，你是有前途的，你基础不差，语文成绩又那么好，关键是学习的态度，你好像也太不把高考放在心上了。"老师打一巴掌揉一下，劝慰的方式老土得要死。

暴暴蓝心里烦躁，于是说："还有事吗？没有事我要回去看书了。"

老师叹了一口气，挥挥手示意她离开。

在暴暴蓝这所重点高中，能让老师灰心丧气的学生不多，大家都拼了命地想在某个方面出人头地。因为写作，暴暴蓝也算是出人头地了，全国最知名的杂志上都有她的稿件，过两天还可以收到一笔像样的稿费。最近还有记者替她写了专访，标题是“让文字开花结果的小女生”。而且，第一本长篇就要出版，对于一个高三的学生来讲，这些应该算是相当不错了吧。不过暴暴蓝并不骄傲自满，因为她知道，就算是这样，在很多很多人的眼里，她依然是一个异类，曾经同桌的那个女生不就骂过自己“变态”吗？

那次只不过是一个小小的争执，大家说到关于村上春树的小说，暴暴蓝一时兴起多发表了些观点，和那个女生的观点有明显的不同。女生嘴皮子不如她，被她驳得没面子了，当着暴暴蓝的面扁着嘴说出了那两个恶毒的字：“变态！”

当时，暴暴蓝是笑着的，她回过头去问那女生：“你知道变态这个词怎么解释吗？”

女生迟疑了一下，然后说：“你自己去查字典。”

“不用查了。”暴暴蓝说，“你就是最好的注释。”

后来，女生要求换同桌，暴暴蓝自告奋勇坐到了教室最后面的位置。那是教室的死角，也是她最喜欢的地方。前一天上网要是睡得太晚，还可以趴在那里安稳地睡上一觉，一般没有老师会在乎。学习是你自己的事，大家都削尖了脑袋想要拼进前十名，挤进重点大学，只有暴暴蓝没有理想。当作家吗？不不不，暴暴蓝知道，这也不是自己的理想。

写作，只是为日日焦躁的心寻找一个出口，仅此而已。

说起来也怪，越是不想读书，就越是想写东西，手里的长篇进展得很快，她给它起名为《小妖的金色城堡》。这个名字是从优诺那里“偷”过来的，因为除了她的网站叫这个名字以外，优诺还曾经写过一篇同名的散文。至于故事的灵感，则是从网友七七那里“偷”过来的，每次和七七聊完天，故事就一个一个地往外冒。暴暴蓝虽然从来没有见过七七，但她可以越过浩瀚的网络感受到那个女生心底有和自己一模一样的寂寞，灰色的寂寞。

和往常一样，暴暴蓝开始在优诺的网上连载自己的新作，才贴了前三章就得到了大家的热烈追捧。优诺给她写信说：“亲爱的，你是最棒的。”七七在聊天室里也说：“哎，怎么看怎么像我哩，暴暴蓝你是天才哦。不过暴暴蓝，你到底想写什么呢？”

是啊，到底想写什么呢？

一个寂寞的故事，寂寞到让你战栗，呵呵呵。电话里暴暴蓝就这么对黄乐说。黄乐就是出版社的那个编辑，对于暴暴蓝的书，他显得踌躇满志：“约个时间再好好聊聊，我介绍个搞发行的朋友给你认识，让他也给你提点建议。”

“千万别。”暴暴蓝说，“束手束脚我可不会写。”

“哈哈哈。”黄乐说，“这话说到我心里去了，我要的就是你的酣畅淋漓，你可不要让我失望哦。”

“尽量吧。”暴暴蓝说，“我连高考都当掉了，写不好也对不起自己。”

“那我罪名可太大，还是要好好复习的。”黄乐一副怕担责任的样子，暴暴蓝笑呵呵地挂了电话。

放了电话，暴暴蓝想，当掉的岂止是高考，连爱情也一起当掉了。真不知道是划算还是不划算。

总还是想涂鸦的，希望会有他的消息，可就是放不下自尊主动联系他。

黄乐说是不催，但一天不是一个电话就是一封“伊妹儿”，暴暴蓝被他逼急了，周末的时候就写到很晚。她在写作时，有个坏习惯就是挂在聊天室，七七溜进来对她说：“我也见到优诺了，她真漂亮。”

“哇，谁请谁吃饭？”

“偶遇，我没跟她打招呼。”七七说。

“干吗不？”

“自卑呢。”

“干吗自卑？”暴暴蓝不理解。

“不是一条道上的嘛。”七七说完立即警觉地说，“不说啦不说啦，再说就要被你写到小说里去啦，好恐怖哦。”

“我的小说……你真喜欢吗？”暴暴蓝问。

七七说：“你那个七七，比我幸运。至少，有人愿意爱她呢。”

“可他们会分手，这简直是一定的。”

“为什么不让她幸福？”

“因为幸福卖不到钱。”

“扯淡。”七七说，“钱有屁用！”

“有了钱我才可以活下去。”暴暴蓝说，“要是我的书一本都卖不出去，我这辈子可就完了。”

“买买买。”七七说，“不管怎么说，我至少买一百本。”

暴暴蓝开心得给七七送起花来。就在这时她看到涂鸦进来了，虽然他用的是一个陌生的ID，但听他一开口油腔滑调的语气就知道肯定是涂鸦。暴暴蓝对着电脑屏幕怔忡了很久，她想，要是他不想跟我说话那么我也不说，看谁挨得过谁。

最后，就真的谁也没说话。涂鸦和七七瞎扯了几句，就跑到论坛里暴暴蓝的新作下贴了一幅图，一个女生，嘟着粉红的唇，有点恶作剧的意味。女生穿得暴露了些，所以没多会儿，那幅图就被优诺给删掉了。

七七小心翼翼地问：“你们真的分手啦？”

“嗯呐嗯呐嗯呐。”暴暴蓝夸张地说。

“你是不是真的很喜欢他啊？”

“不知道。”

“我明白了，你是因为自己不幸福，所以不让你的主角幸福。”

“呵呵，随你怎么想喽。”

“你和他……接过吻？”

“呀，七七坏坏的。”

“你小说里的吻写得很到位啊，说的就是你和涂鸦吧。”七七穷追不舍。

暴暴只好采用迂回战术：“是不是写到你心里去了啊？哈哈。”

“啊呸！”七七说，“我那时常常没感觉。”

“那我下次就写你的没感觉！”

“恐怖。”七七说，“暴暴蓝是小女巫。可是怎么搞不定一个男生呢？”

“你教教我？”

“把你的男朋友让我三天，我再教你啦。”七七说，“不然不了解他的个性啊。”

“我只当他是垃圾，你要捡就捡去吧。”

就这么和七七胡说八道着，夜就深了，暴暴蓝很晚才睡。第二天起床已经是十点了，不知道怎么的觉得有些头疼，就缩在床上发呆。偏偏奶奶走进来问道：“今天不补课吧，你爸爸妈妈打电话，说待会儿过来和你商量一下填志愿的事情，要你在家等着。”

“怎么不补？”暴暴蓝也顾不得身体的不舒服了，赶紧起床梳洗了一番，然后胡乱扯了两本书就出了家门，差不多是落荒而逃。

夏天快来了，走在大街上，阳光偶尔会让你感到窒息。暴暴蓝漫无目的地逛到商场，隔着商场大大的玻璃窗看到那条裙子，小小的，蓝色的裙子，裙底有一小圈白。它罩在一个面无表情的模特身上，散发着充足的诱惑。暴暴蓝把鼻尖凑到玻璃上看，标签上的数字是令人灰心丧气的1880。暴暴蓝在心里粗鲁地骂道：“NND，不如抢钱呵。”她一边骂一边在商场边上的台阶上坐了下来，却没想到台阶旁的喷泉不声不响地一冲而起，溅了她一身的水花。暴暴蓝气急败坏地跳起来，就在这时候，她看到了涂鸦。

准确地说，是涂鸦和西西。在商场左侧的那个小广场，涂鸦正在墙面上画一幅广告画，西西替他拎着颜料桶，抬起头来正对着他微笑。涂鸦画着，忽然弯下身来，用手指弹了一下西西的脑门。西西笑起来，天花乱坠。

暴暴蓝的眼泪猝不及防地流了下来。

隔着眼泪看涂鸦的画，一个可爱的小婴儿，胖手胖脚的，正咧嘴笑着，旁边好像全是星星，蓝色的紫色的黄色的红色的星星，在雪白的墙上满满地铺展开来。这就是涂鸦，他的画总是这么夸张却又恰到好处；这就是涂鸦，他居然可以用十天甚至更短的时间就忘掉一段恋情而顺利地开始另一个故事。

暴暴蓝用袖子粗鲁地擦掉了眼泪，然后，她带着微笑走了过去。

“嘿。”她近乎挑衅地打招呼。

“嘿。”先回应她的是西西。

涂鸦从板凳上跳下来，带着奇怪的表情问她说：“你怎么在这里？”

“这里是你涂鸦买下来的吗？”暴暴蓝环顾四周说，“我为什么不能来这里？”

“想我了就直说嘛。”涂鸦似笑非笑的。

“想啦。”暴暴蓝说，“我这不正告诉你吗？”

旁边西西的脸色十分的不自然。暴暴蓝看看她说：“你干吗穿红色的衣服，你不知道他最不喜欢别人穿红色的衣服吗？”

西西并不屑于和暴暴蓝顶嘴，而是拉拉涂鸦，示意他离开。

涂鸦轻快地吹了一声口哨说：“没见我正画着吗？都给我乖乖地一边待着，画好了哥哥请你们吃饭去！”说完，人又跳上了凳子。

西西是个脸皮薄的小姑娘，脸上很快就挂不住了，看看涂鸦，再看看满不在乎的暴暴蓝，嘴一撇，把手里的颜料桶往地上一摆，人转身就跑开了。

“喂，跑了哩。”暴暴蓝提醒涂鸦。

“不正合你意嘛。”涂鸦弯下腰来看她说，“她走了正好，你比她乖，我今天请你去一个好地方，那里的比萨真的不错。”

“涂鸦你真无耻啊。”暴暴蓝骂。

“是啊，不然我们怎么同流合污呢。”涂鸦斜斜地看暴暴蓝一眼说，“行行好，替我拎起来？”

“不干！”暴暴蓝说。

“真的？”涂鸦说，“你别后悔，这可不是人人都能干的好差事。”

“哈哈哈……”暴暴蓝纵声大笑，直到笑出了眼泪。笑得涂鸦恼羞成怒，跳下来恶狠狠地说：“你他妈再笑老子 K 你！”

很近，很近的距离。这些天心里梦里渴望已久的距离。涂鸦的脸近在咫尺，他愤怒起来也是那么的英俊和让人心动。暴暴蓝全线崩溃，低低地说：“K 吧。”

涂鸦却伸出手来，温柔地替她拭去了眼角那颗滚烫的泪珠。然后，他坏笑着说：“看来，小暴妹妹，你真的是想我了。”

暴暴蓝轻轻地推开他，俯身拎起了地上的颜料桶。

涂鸦笑呵呵地说：“这就对了，干完事咱们吃喝玩乐去！”

暴暴蓝看着涂鸦对自己胸有成竹的样子，心里的爱和恨奇怪地交织成一道怒火，她深吸一口气，把手里的颜料桶猛地往地上一扣，在咣里咣当的响声和涂鸦骂娘的声音里扬长而去。

刚走出没多远，手机响了，又是黄乐。

“来中山路的‘印象’茶餐厅吧，你发来的小说片段我看过了，想找你聊聊。”

“还是不放心我？”暴暴蓝说。

“哪里的话！”黄乐说，“来是不来？”

“好吧，半小时后我们见。”

暴暴蓝一走进茶餐厅就看到了黄乐，旁边还坐着另一个人。黄乐向她介绍说，“陶课，我们发行科有名的大将，有了他，你就有望成为今年度最畅销的作家。”

暴暴蓝朝他们点点头坐下来，点了很贵的茶，心里恶狠狠地想：“谁要是敢啰嗦两句我就不给稿子！”茶的味道很清新，暴暴蓝只喝了一口，心里的怒火就慢慢地平息了下来，干吗要生气呢？有什么了不起呢？自己折磨自己真是最愚蠢不过的事情了。

还是七七说得对，这个世界上根本就没有真正的爱情。

爱情在你转身之间就足以令你绝望。

抬起头来，发现黄乐和陶课都在看她。

“敬你们一杯？”暴暴蓝掩饰地笑了笑，举举手里的茶杯说。没想到陶课凑过来，就着她手中的杯子闻了一下说：“会享受啊，台湾冻顶乌龙？”

“好鼻子。”暴暴蓝笑呵呵地收回手。

“骂我咧？”陶课说，“和你小说里的人一样伶牙俐齿嘛。”

“不会吧，你看过我的小说？”暴暴蓝倒是没想到。

“陶课对你评价很高啊。”黄乐说，“我给他看了一些你的作品，他当时就拍板，愿意跟我合作，哈哈哈。”

“那敢情好。”暴暴蓝说，“一起发财喽。”

陶课听暴暴蓝这么一说，就看着她笑起来。暴暴蓝奇怪地问：“你笑什么？”

“很直接啊。”陶课说，“我还以为你会说一切都是为了文学。”

暴暴蓝一口茶差点喷出来，说：“对不起，让你失望了，我就是这么一个俗人，我写作不为别的，就为了钱。”

“是吗？”陶课说，“我看不只。”

“别自作聪明。”暴暴蓝低下头。

“陶课会看相的。”黄乐说，“你可要小心他。”

“呵呵。”暴暴蓝转头问陶课，“你可看出我饿了？”

陶课笑笑，不说话，把桌上的点餐牌往她面前一推说：“想吃什么自己点。”

暴暴蓝于是不客气地点了一碗馄饨。黄乐迫不及待地问她说：“这两天的进展怎么样啊？”

“拜托！”暴暴蓝说，“让我吃饱再谈公事如何？”

黄乐尴尬地摊摊手说：“好好好。”

暴暴蓝就在两个男人的注视下稀里哗啦地吃完了一大碗馄饨。

“怎么样？”陶课问她说，“吃得这么香，要不要再来一碗？”

“不要了。”暴暴蓝摇摇头，“你怎么叫陶课？我最近就老逃课，这名字对我很刺激。”

“那就放到你小说里做主人公吧，不收钱。”陶课说着，掏出一包烟来，自己含住了一根，给了黄乐一根，然后用探询的眼光看着暴暴蓝，暴暴蓝读懂他的意思，伸出手接下了一根。

抽烟是老早就学会的。有时跟涂鸦在一起也抽，不过抽到一半的时候常常会被涂鸦一把扯下来灭掉，然后对她说："小暴，你扮酷的样子够恶心的！"

暴暴蓝哈哈地笑，把半熄的烟头捡起来往涂鸦的身上戳，涂鸦吓得上蹿下跳，最终只好以暴力将暴暴蓝镇压。

然后，就是七七提及的被暴暴蓝在作品里形容过的吻，真的只是吻而已。认识很多天后，涂鸦终于敢将一切付诸行动，在他狭小逼仄的出租屋里，用年轻的充满激情的却从不曾越轨的身体。涂鸦当然不是那种循规蹈矩的孩子，但是对于暴暴蓝，他有一种很奇异的宽容和忍耐。

"回神呢。"暴暴蓝悄悄地提醒自己。往事如针，无论你如何防范，总是会在不知不觉中尖锐地穿透你的记忆，如刀尖上的舞蹈，再轻盈美丽，终也逃不脱疼痛的命运。

"想什么呢？"陶课替她点上烟。

"想我男朋友了。"暴暴蓝说，"他把我抛弃了，我是不是很衰？"

"呵，你写小说臭他。"陶课说。

"好主意。"暴暴蓝挑挑眉。

"我们正要和你说你的小说。"黄乐早就忍不住了，见缝插针，趁机进入主题，"你的小说的头开得相当不错，那个叫七七的主人公形象也很丰满，很有现代感，我希望结尾可以残酷一些，我不要喜剧，越残酷越好卖。"

"怎么个残酷法？"暴暴蓝老道地吐出一个大烟圈说，"吸毒？自杀？呵呵，都不要太老土哦。"

“那你就给个不老土的。”黄乐狡猾地说，“我相信你可以搞定。”说完他又开始提要求，一个一个又一个，暴暴蓝差点都记不住。在黄乐的滔滔不绝中，暴暴蓝看了陶课一眼，发现他也在看自己，两人对黄乐的啰里啰嗦心照不宣地笑了起来。相对于一板一眼的黄乐，陶课更让人觉得放松，他是个很纯粹的一目了然的大男孩，不让人讨厌。

胡思乱想着，黄乐也好不容易讲完了，问：“我的意思能理解？”

“都没记住。”暴暴蓝说。

“她根本没在听。”陶课补充。

“你！”黄乐气得要命。

“反正我该怎么写还怎么写。”暴暴蓝起身说，“你们要是不喜欢，可以不出，我不强求，谢谢你们的好茶，馄饨味道也不错，再会哦！”

这回轮到陶课大笑，不过暴暴蓝没有回头。

走出茶餐厅，阳光似乎更加猛烈了，没走多远，暴暴蓝忽然觉得头晕目眩，胃里一阵翻江倒海，她蹲到路边，开始剧烈呕吐，刚吃到肚子里的馄饨全部都吐了出来。

完了，不能动，全身一点儿力气也没有。

有人走到她身边，递给她一瓶矿泉水，提醒她漱漱口。

是陶课。

他温和地对暴暴蓝说：“你病了，我一看到你就知道你病了。走，我带你去医院挂水吧，应该可以好得快些。”

“不用。”暴暴蓝努力展开一个笑容说，“回家休息一下就好了。”

“那我送你回家。”陶课说。

陶课开一辆小小的蓝色的车，他扶暴暴蓝上了车，问清地址，然后一语不发地往前开。受人恩惠不好太摆酷，暴暴蓝只好没话找话地打破沉默：“黄乐呢？”

“约会去了。”

“你怎么不去约会？”

“我失恋了。”陶课幽默地说，“和你同病相怜。”

“我是真的，不骗你。”暴暴蓝说完便不想再说话了，身体像是被什么抽空了一样，连坐都坐不住。

“年轻也不能硬挺啊。”陶课说，“我还是送你去挂水吧，也算是我为我国的文学事业做了一点贡献。”说完，车头已经调转。

护士把针头戳进暴暴蓝手臂的同时，暴暴蓝差不多也就睡着了。醒来的时候，药水刚好挂完，陶课正坐在她身边翻看当天的晚报。他看到暴暴蓝睁开眼，对她说：“你的手机响过好多次，我怕影响你，替你关掉了。”

暴暴蓝低头看看挂在胸前的手机，有些不好意思地说：“你今天真是够倒霉的。”

“戏剧化。”陶课说，“可以写到小说里，呵呵。”

“可以考虑。”暴暴蓝真诚地说，“谢谢。”

“起来活动活动看行不？”陶然说，“行的话我送你回家。”

“行。”暴暴蓝不是那种矫情的女孩子，赶紧从床上跳下来说，“回家，回家，你不用送我了，我搭公交车就是。”

“好事做到底嘛。这可是我的风格。”

“对了。”暴暴蓝伸手掏腰包，“花掉多少钱我要算给你的。”

“版税里扣啦。”陶课说，“你这小姑娘真是挺有意思的。真想不出那些作品都出自你手。”

“你直接说我没作家样不就得了？”暴暴蓝说。

“要高考了。”陶课说，“要好好爱惜自己的身体啊。”

暴暴蓝迅速地看了陶课一眼，心也迅速地动了一下，很久没有人这么跟自己说话了，涂鸦也是不会用这种关怀的语气跟自己说话的。暴暴蓝不要命地写作的时候，他顶多会说：“想把自己折腾死啊！瞧你那疯样儿！”

莫名其妙！怎么会把陶课跟涂鸦对比起来了呢？暴暴蓝被自己内心的小九九弄得不好意思起来。陶课不过是一个陌生的倒霉蛋而已，刚刚认识，就为自己赔了时间还赔了金钱。不是吗？

“药拿好。”陶课说，“不行明天再来挂次水。”

“嗯。”暴暴蓝点头。

陶课领着她走出医院，已是黄昏，天闷得要死，眼看着就要下雨。几只鸽子在余晖里呼啦啦地飞起，让天空显得不再那么呆板。再次坐上陶课的车子，暴暴蓝开了手机，首先是一条短消息，竟是涂鸦的：“你他妈不想死就给我乖乖地回来！”紧接着，电话就接踵而来，这回是老妈，在那边大吼说：“倪幸，你在搞什么鬼！马上给我回来！”

妈妈的声音太大了，暴暴蓝把手机从耳边拿开，皱了皱眉，挂掉了。

“妈妈在叫你回家？”看来陶课都听得清清楚楚呢。

暴暴蓝无力地点点头。回来，回来，都在叫自己回去。她手里捏着一小塑料袋的药，身子软软地靠在座位上，心里酸酸地想，自己到底来自何方，又该归向何处呢？

或者自己笔下的“七七”根本就是自己，一个在繁茂的花园里迷了路，注定双手空空一无所有的孩子。

CHAPTER 6

相遇

你说过

要陪我一起飞

却忘了告诉我

该往哪一个方向

我一直都好想知道啊

我们走散的时光

你会不会像我一样的心慌

“大学城”。

午后，人最少的时候。

优诺刚进门就发现有人盯着自己看。那应该是个从没见过的女孩，个子挺高，单薄，有好看的饱满的唇和懒洋洋的微笑。她穿的是 Esprit 的短衣短裤，坐在吧台前高高的圆形转椅上，手里握着玻璃杯，晃着修长和健美的大腿，正在喝一杯冰水。一缕阳光正好照在她的手指上，手指显得纤细而透明。

优诺忍不住多看她了一眼，那女生反倒调过了头去。

“嘿！”吧台里的清妹朝优诺眨眨眼说，“不像话啊，快一个月没来了吧。”

“呵，老板娘好啊，”优诺坐下，“也给我来杯冰水。”

清妹在大学里是那种很普通的学生，毕业后也没像优诺一样念研究生，而是随便找了家公司做了秘书。要求不高的人常常会得到意外的收获，工作没多长时间，她和创办这个大学生俱乐部的年轻老板谈上了恋爱，就索性辞职当起了老板娘。俱乐部名叫“大学城”，开在高校云集的好地段，生意相当的不错。

“生意越来越好啊。”优诺对清妹说，“晚报上都专门介绍了你这里，看样子怕是要做大啦。我们班那么多同学，还是你最有出息！”

“就这样混口饭吃，有个地方跟老友们聚聚玩玩挺好的了，不能要求太高。”清妹摇着头谦虚地说，“这样真挺满足的啦。”

就在这时，旁边的女生开口了：“老板娘，有烟吗？”

“小女生抽什么烟！”清妹说，“来杯冰啤却不要紧。”

女生把一百块往桌上一拍，笑笑地说：“怎么，怕我不给钱？”

“知道你有钱。”清妹说，“收起来吧，小心被抢劫。”

女生怏怏地收起钱来，起身出了门。

“谁？”优诺看着她的背影低声问清妹。

“高中生。”清妹说，“她家有人跟我老公熟，托我想办法替她找两个家教。谁知道换了好几拨都不满意，她却喜欢上这里了，隔三岔五总来。来了也不搭理人，就这么一个人坐着，挺有意思的。”

“干吗不满意？”优诺问。

“那我哪知道得那么清楚。有钱人喜欢折腾呗，听说她家很有钱，补一小时就给一百块，纵是她再挑剔，也有好多人在我这里排着队想去呢。”

“是吗？这等好事怎么不介绍我？”

“你不是忙吗，再说你这大作家又不缺钱花。”

“别晕我了。”优诺说，“谁还会嫌钱多，我这个暑假可真要好好挣点钱。”

“怎么了？”清妹说，“有难处你直说啊。”

“没事，我只是想把网站好好整整。”优诺说，“现在访客越来越多，看来不扩容是不行了。”

“好事啊，想当初这网站还是苏诚替你做的呢，也不知道他现在上不上网，要是知道了应该很高兴吧。”

优诺低头微笑不语。

“他毕业后你们就再也没联系过吗？”清妹问。

“没。”优诺简短地答。

“你们俩真挺般配的，只可惜没缘分。”清妹叹息。

“别扯那些了。”优诺制止她再说下去。

就在这时，那离开的女生又推门折回来了，门被她推得咣当直响。在老地方坐下来，她真的要了一杯冰啤，然后再要了一杯，往优诺面前一推说：“我请客。”

“谢谢。”优诺大方地喝下一口说，“怎么你今天不用上课吗？”

女生咧嘴一笑：“辍学快一年，上课是什么滋味我早忘了。像你这样读完中学读大学，读完大学读研究生，我早闷死掉！”

说完了，她忽然把嘴一掩。

“你认得我？”优诺好生奇怪。

“你是名人嘛。”那女生慌忙说，“认得也不奇怪。”

“既然这样，”清妹插嘴说，“让优诺姐姐做你家教可好？省得你挑三挑四累死我。”

“别逗我，我会当真的。”女生从屁股口袋里掏出一包烟来，拿了一根熟练地点着，看样子刚才一定是出去买烟去了。

“小女孩多好。”优诺对撇着嘴的清妹说，“可以任性呢，想干什么干什么。”

“那我真想让你做我家教，你肯吗？”那女生说，“你的网站一到周末就死翘翘，是不是想要急死我啊？”

“谁？”优诺把眉毛立起来，心里却早已经猜到了三分。

“老朋友。”女孩手里夹着烟，脸上坏坏地笑着。

“七七？”

“嗯，叶小寂。网名妖精七七。”

“呀！”优诺跳起来，一巴掌重重地拍到她肩上说，“小丫头你来捉弄我的啊，这么半天才报上家门。”

“你让我等了二十三天，”七七说，“那些女生一个比一个不顺眼，怎么样，你何时可以走马上任？”

“呵呵。”优诺上上下下地打量七七，“真是名如其人啊。”

“别偏离主题啊。”七七说，“等你答话呢。”

既然是熟人也没必要忸怩了，优诺端起杯来：“Cheers!”

“Cheers!”七七也举杯，“这才是我认识的优诺，爽！现在就到我家去看看，你觉得如何？”

“电视速配也没你们来得快！”清妹说。

“我们认得的时间可长啦。”优诺替七七灭掉手中的烟说，“要听老师话，不可以抽烟的哦。”

七七哈哈大笑，一把拖了优诺就出了“大学城”。

已经完全是夏天了，从俱乐部里走出，明亮金黄的阳光让人猝不及防，七七用手掌挡住额头问优诺：“你见过暴暴蓝的吧？”

"是啊。"

"她漂亮还是我漂亮？"

优诺站定了，看了七七好半天才说："都漂亮！"

"狡猾哦。"七七不满意。

"那你现在看到我啦，"优诺说，"我漂亮还是你漂亮？"

"哈哈哈。"七七爽朗地笑，说："狡猾哦。"

她们上了公交车，优诺很快发现七七并不是想象中那种话很多的女生。在公交车的摇摇晃晃中，她很随意地和自己聊了聊，更多的时候，她把眼光投向窗外，不知道在看什么。

一个思想很会漫游的女生，如果暴暴蓝在，应该会这么形容。

虽然有足够的心理准备，但踏进七七家"豪宅"的时候，优诺还是吃了一惊的。首先看到的是一幅字画，齐白石画的两棵大白菜，云舒云卷，优诺靠近看了看，惊讶地问七七说："真迹？"

"那些东西我不懂，林涣之喜欢。"

"谁是林涣之？"优诺问。

"我养父。"七七笑笑说，"我有没有告诉过你，我是孤儿？"

"哦？"优诺看了七七一眼，她说这些的时候眼睛明亮，语气自如，一点儿也没有悲伤的样子。那房子真的很大，客厅的顶高得不可思议。七七陷在沙发里，显得更加单薄了。不知道是不是开了中央空调的缘故，优诺忽然觉得有些冷，她下意识地抱抱臂膀，七七不好意思地说："这房子就是这样，整日像个冰窟。"

优诺问她说："你为什么会辍学，一个人待在家里有意思吗？"

"不想念了。"七七说，"我看到那些装模作样的人就烦。"

“可是，你难道不需要正常的生活吗？一个人多孤单啊。”

“喂，拜托，你可别像麦子一样。”七七笑。

“麦子又是谁？”

“一个老想拯救我于水深火热中的人啊。”七七说，“啰唆的老女人。呵呵。”

“你都想补什么科目？”优诺切入正题。

“还真补啊，”七七说，“我那天见你和别人聊天了，知道你弄网站需要钱。我们装装样子，骗了林涣之的钱就行。你要是过意不去，可以和我平分啊。”

话说到这里，门铃响了起来，七七起身去开，进来的是一个女大学生，手里抱着一大摞书说：“叶小寂，我给你带了些复习资料来，希望你可以用得着。”

“我记得我好像开除你了。”七七冷冷地说，“你又来做什么？”

“我记得我收过你爸爸的钱了。”那女生看了优诺一眼，固执地说，“不管怎么说，我都要负责到底。”

“那你把钱还我。”七七说，“我不用你负责了。”

“那不是你说了算的。”女生说，“我只听你爸爸的。”

“一点小钱你就这么听话，不知道他给你多少你可以卖身？”七七讥笑着说。

偏偏那女生一点儿也不生气，回嘴说：“那就是你管不着的事情了。”

“滚！”七七一把抱起那些资料，把它们扔到大门外，然后指着那女生说，“你给我出去，要不然我就报警，告你私闯民宅。”

“还是先打电话到疯人院吧。”女生不急不缓地说，“你看来急需治疗。”

七七一语不发地走向电话，一直保持礼貌在一边旁观的优诺不得不伸手拉住七七说：“好了，有什么事坐下来慢慢说嘛。”

“跟这种狐狸精有什么好说的！”七七大喊起来，“她要是不走，我今天就打到她滚为止！”她喊完了就顺手抢起茶几上的花瓶。

“你快走啊！”优诺一手扶住花瓶，一手奋力地拽住七七，冲那女生喊道。

女生站在那里，喘了好几口气，终于不甘心地夺门而去。

优诺这才放开七七，跌坐到沙发上。

七七放下花瓶，也坐下来，把头埋进了双膝。

优诺过去，抱住她，她在颤抖，抖得优诺心疼，她轻轻地拍着七七说：“好了，七七，没事了，她走了。”

七七紧紧地抱住她：“优诺，我是不是真的有病？”

“莫胡说。可是，你也不该那样对她，她是一片好心啊。”

“我有病。”七七说，“很多人都说我有病。”

“是不是刚才那人那样说过你？”

“我讨厌她。她不过才教了我两次，就在林涣之面前说三道四，还希望他可以替她解决工作的问题。”七七起身，用面纸擦擦泪说，“我讨厌这种人，唯利是图到了极点。”

“那你还叫我合伙跟你骗你爸爸的钱。”优诺说，“以后这种话不许再说了，我负责教你功课，保证你下学期顺利复学。”

七七有些高兴地说：“你该不会是同情我吧？”

“我是怕你。”优诺说，“怕你用花瓶砸我。”

“念书有什么用？”七七叹息说，“像我这样的人，就算念到研究生还不是一样没出息。”

优诺看看四周说：“啧啧啧，你瞧瞧你过的什么日子，一千万人中能有一个人有你这么幸运就不错了，我要是你，我会珍惜。”

“你简直跟麦子一模一样！”七七笑。

“是不是让你失望了？”优诺说。

“也有不一样的地方。”七七补充，“你比她漂亮也比她儒雅。”

“儒雅？”优诺眨眨眼说，“我们今天补语文，我来告诉你怎么正确地使用形容词。”

优诺在七七的带领下进了她的房间，一个很大的房间，最显眼的是电脑的后面占了整整一面墙的书柜，上面摆满了书。优诺打开来，拿出最外面的一本《小王子》，还是中英文对照版。上面有一层浅浅的灰，一定是很少翻过。

七七对她说：“都是麦子怂恿林涣之买的，她恨铁不成钢。”

“麦子对你挺好的啊。”优诺说，“这些书挺好看的，你试着看过吗？”

“不如在网上读暴暴蓝的小说。”七七说，“你和暴暴蓝在我看来是最棒的。”

“恕我直言，”优诺说，“那是因为你见识少的缘故。”

“真不给人留面子。”七七打开电脑说，“你看你看，你的网站最近真是慢得不像话呢。”

“正想办法。”优诺说，“真没想到访客这么多，可能还是托暴暴蓝的福，她老在她的作品里提到这个网站。所以一不小心就红啦。”

“网站做得没话讲啊。”七七说，“不怕你得意，我一打开它，就有找到家的感觉。”

优诺知道她说的是真心话，在这个真实的富丽堂皇的家里，她感觉七七就像是一条游进深海里的鱼。这个有着奇怪性格的、寂寞叛逆的同时又脆弱彷徨的女生，从网络里走出来，真实地站在自己的面前，让她有一种很莫名的心疼感。

她真的希望自己可以温暖她。

于是，优诺把手里的书一合说：“七七，你先关掉电脑，我们得先把你上课的书给找齐了。”

“来真的？”七七问她。

“当然来真的。”优诺说，“你想好了，现在开除我还来得及。”

七七很听话地关掉了电脑，歪歪头说：“优老师，你先教我啥呢？”

“先让我看看你的课本。”优诺把她拉到书柜前说，“找齐它们也许是我们今天下午最重要的事。”

七七的书柜很让优诺惊讶，里面真的有很多好书，名著就不说了，各类百科全书也不提了，甚至还有亦舒和琼瑶的全集。她的课本则被乱七八糟地塞到各处，且全都是簇新的。优诺一面费力地把它们从书柜里拖出来，一面羡慕地对七七说：“你这里就像一个小型的图书馆。”

“当初装修的时候为这面墙没少费心思，不过，对我这样的粗人都是白费劲。”七七坐在地板上说，“你和暴暴蓝才配得上它。”

“拥有却不知道珍惜。”优诺说，“对了，我要是天天借你的书看，不知道会不会被你看作是唯利是图？”

“哈哈哈。”七七开心地大笑起来，“小心眼哦。”

那天光是替七七收拾课本和资料就用了差不多两个多小时，优诺又找了几张试卷放到桌上，让七七有空的时候把它们做一做。七七老大不愿意，优诺不管她，起身告辞，七七拖住她说：“就在我家吃饭吧。我一个人吃饭多没劲啊。”

优诺说：“怎么你常常一个人吃饭？”

“林涣之总有应酬。”

“那家里谁做饭？”

“有佣人，在我家做了十多年了。”

“啧啧！”优诺说，“瞧你过的日子！”

“很好吗？”七七说，“你又要骂我不懂珍惜了，但是，真的，我从不觉得有多好。”

“好啦！”优诺把她从地板上拉起来说，“我们下去看看你家老妈妈都做了什么好吃的。”

“她叫伍妈。”七七一跃而起，“她人挺好的，不过你别叫她老妈妈，她喜欢别人叫她小姐。你别看她年纪大了，还一周去一次美容院，臭美得很呢。”

优诺见了伍妈，就发现她并不像七七说的那么“妖娆”，一个很和气的中年女人，带着温和的笑，甚至有些像自己的母亲。伍妈很细心地用公筷替优诺夹菜，招呼她多吃一些。七七批评她说：“伍妈，女孩子都要瘦的，你不要瞎起劲！”

“我不怕胖。”优诺说，“我还嫌自己瘦了些。”

“就是就是，以后有空啊都在这里吃饭，我保管把你养得胖胖的！”

“伍妈你热情过头了吧。”七七说，“这可是全国知名的大作家，出过书的，你以为那么容易请得到？”

“我说呢！”伍妈恍然大悟的样子，“我说我们七七从不请客，今天怎么会破例，原来是请了个名人呀！”

“快别说了。”优诺说，“羞死人的！”

“女孩子羞羞的才美啊，又羞又胖，那才美死个人咧！”七七开玩笑，筷子打到优诺的手上去，可是动作和笑容都忽然在半空中僵住了，因为这时有人推门走了进来。

在七七奇怪的表情里，优诺回头就看见了他，一个中年男人，相当有气质。他也许也没想到家里会有客人吃饭，犹豫了两秒钟，这才走过来打招呼：“哦？今天有客人？”

“你怎么回来了？”也许是嫌他扫兴，七七不高兴地问。

“没接到你不许我回家的命令！”那男人幽默地说。

优诺已经猜到，这应该就是七七嘴里的林涣之。

“我肚子饿了。”林涣之坐下，问伍妈说，“可有我的饭菜？”

“怎么没有？”伍妈已经跑到厨房里替他盛饭。林涣之对七七说：“你的新朋友，不介绍一下？”

“她叫优诺。”七七硬硬地说，“我的新家教。”

“呵。”林涣之看着优诺说，“欢迎你！”

优诺觉得他很亲切，真不明白他和七七之间怎么会是这样的关系。她冲林涣之笑笑，努力调节气氛说：“我叫优诺，是七七的朋友。从今天起担任七七的家教，是不是还应该要通过你的面试？”

“不必了。”林涣之话中有话地说，“我面试没啥用，没经过七七亲自面试的都有可能面临被砸破头的危险。”

“我说你今天怎么会回家，原来是来兴师问罪的。”七七把面前的碗一推说，“我有朋友在，你就不能待会儿再让我丢人？”

“丢什么人？”优诺点她鼻子一下说，“你别忘了我可是亲眼看见的哦。”

“你到底帮谁呀？”七七喊起来。

“我有帮谁吗？”优诺看着林涣之笑笑地说，“我只是说事实嘛。”

伍妈端了饭出来，骂七七说：“你这个丫头快闭嘴，让你爸爸好生吃顿饭。”

七七终于让步，把话题引开说：“优诺是作家，研究生，她的报酬要比别人高一倍才好，而且，最好是提前付的哦。”

“七七！”优诺被七七搞了个大红脸，赶紧不好意思地对林涣之说：“林先生，别听七七瞎扯，我跟她是朋友，我愿意的。”

“有什么不好意思的！”七七歪歪嘴，“他是商人，还是说白了的好。”

“对，我是俗人。”林涣之哈哈笑起来，“就按七七的意思办。”

“你们俩存心赶我走？”优诺说，“不用我可以直说嘛。”

林涣之和七七一起哈哈大笑。七七歪过来，趴到优诺的肩上说:“你跑不掉啦，我从现在起，死活都要缠着你哦。”

“那就听我的，以前的家教什么待遇，我就什么待遇，当然，诸如花瓶之类的恐吓除外。”优诺说。

“好说好说，还有别的条件吗？”七七问。

“当然。我不来的这两天，你得先把我刚才布置的那些作业给做了，我要看看你的成绩到底怎么样。”

林涣之笑，说了和优诺一模一样的话:“现在换她还来得及。”

“我愿意做。”七七说，“为什么要换？”

“那就好。”优诺说，“我还有事，要回学校去啦。”

“我送你。”林涣之站起来说。

“不用了，搭公交车挺方便的。”优诺说。

“让他送。”七七推推优诺，在她耳边悄悄说，“喂，晚上网上见哦，我想知道你对我的印象怎么样呢。”

“做了功课才可以上网。”优诺板着脸。

七七把耳朵堵起来。

尽管优诺再三推托，林涣之还是开车送优诺回家。

夜色已至，华灯初上。林涣之将车开得很平稳，他笑着问优诺说:“我很好奇，七七在哪里找到的你？”

“我们老早认识。”优诺并不想瞒他，“我们是网友来着。”

“呵。看来泡网也有好处。”林涣之说。

“谢谢你的表扬。”优诺低头微笑，“不过我总觉得，七七现在不上学，待在家里挺寂寞的，你应该多抽点儿时间陪陪她。”

林涣之转过头来，意味深长地看了优诺一眼，不再说话了。

优诺也觉得自己有些造次，于是也不好意思说话了。沉默中车子很快就到了学校门口，优诺下车，跟林涣之说谢谢。林涣之也下车来，递给她一张名片说："七七常常会出状况，有事情的时候可以联络我。"

"希望没事。"优诺说，但还是把名片小心地塞进背包里。

"那七七就拜托给你了。"他彬彬有礼地说。

"我会尽力。"优诺笑答。

林涣之在优诺的笑容里怔忡了一秒，点点头上了车。他的车刚刚开走，优诺就听到身后有人叫她的名字："优诺！"

优诺回头，整个人僵在原地。因为那人不是别人，竟是，苏诚。

CHAPTER 7

抑郁的B小调雨后

我见过一场雨　是你没见过的

我在那场雨里迷了路　好多年了

那把你给的小红伞已经变得很旧

我说我迷路了

你总是微笑

不相信

而你一笑

我就什么都信了

“七七，我没见过比你更寂寞的孩子。”替我补完英语的一个黄昏，优诺拍着我的肩轻轻地说。

我不喜欢英语，但是我喜欢看优诺读英语的样子，喜欢听她给我讲那本英文版的《小王子》，喜欢她甜美飞扬的笑脸，喜欢到嫉妒，却还是一样的喜欢。

“你的同情是我最大的安慰。”我坐在地板上抱着膝盖，傻傻地笑着对她说。

“你是个需要很多爱的孩子，可惜你父亲不太懂这点。”

我很感激优诺这么说，要知道，无数不知道真相的人都会认为是我不知好歹，得了便宜还卖乖呢。

“不过你也要理解他，他可能是生意太忙，所以才会很少顾及你的感受。”

我冷冷地说：“他的事都与我无关，我们之间有代沟。”

“岂止。”优诺说，“你们之间隔着一个宇宙黑洞。”

“他听你这么说一定会跳起来。”我笑。

“呵呵，昨天布置的数学作业做了吗？”优诺问。

“没。”我摇着头说，“全不会。”

她责备地看着我。

“是真不会。”我从书桌底下把那些书和试卷一股脑儿抽出来说，“我跟这些东西是绝缘的，我一看它们就会头晕，真的，不骗你。”

“可是你小学的时候考过全年级第一！”

“谁告诉你的？”我警觉地问。

“林涣之。”优诺说。

“你们有谈起过我？”

“是。”优诺说，“我们在电话里交流过关于你的情况。”

“切！”我咬牙切齿。

“不高兴了？”优诺敏感地说，“不喜欢我们在背后谈及你？”

“你不懂的。”我说。

“我懂的。”优诺固执地看着我的眼睛说，“我知道你也很爱他，只是你们彼此都没有选择正确的方式而已。”

“好了，优诺。”我调过头去，“要知道我们并不算太熟。”

“小刺猬的刺又竖起来了？”优诺并不生气，而是好脾气地对我说：“这些题你要是不会，我就一道道替你讲解吧。”

我一把把书推到了地上。是的是的她说得没错，我恨她和林涣之联系，恨他们瞒着我做这做那，恨他们跟我说话时总是语重心长的样儿！

“七七。”优诺把书捡起来说，“如果你想改变自己的现状，就不可以这么任性。”

我嘴硬：“我这样挺好。”

“得了！”优诺毫不留情地说，“你压根就不明白一个十七岁的女生可以拥有的世界有多美丽多丰富！”

“我不稀罕！”我大声喊道。

“你不知道有多稀罕！”优诺的声音比我还要大。

“你滚！”我指着门外。

“我可以走。”优诺看着我说，“不过你要考虑清楚，我要是走了，就不会再回来。”

“谁稀罕！”我喘着气。

可是，优诺还没走到门口我就投降了，我冲过去拦住她：“你要是现在走了，就别想拿到一分钱报酬。”

“谁稀罕。”她讽刺我。

我挠她的痒，她拼命地躲，嘴里恨恨地骂：“七七，你真是个小妖精。”

事后我问她是不是真的会走，是不是真的走了就再不会回来。她狡黠地笑着说：“我还不知道你舍不得我吗？做戏给你看而已。哈哈。”

“我斗不过优诺。心服口服。”跟暴暴蓝说这句话的时候我是很认真的，她想了一下也很认真地答我：“是的是的，七七，优诺真是美好到让人嫉妒。”

暴暴蓝心情不太好，高考当掉了，小说最近也走进了死胡同，她不依不饶地问我到底是想要一个悲剧还是喜剧，我干干脆脆地选择了前者。暴暴蓝说："呀！你怎么跟那些无知的编辑一样啊，要是优诺，我保证她希望是喜剧，你信不信？"

我当然信。

这就是我和优诺的不同。

"但不管怎么说，我们总会殊途同归。"暴暴蓝用她文学的语言安慰我。

我对她说我要下线了，打算去理发。夏天已经来了，我的头发越来越长，已经不方便了。

"去吧。"暴暴蓝说，"我要睡了。"

我吻了一下这个跟我一样总是将日子过得黑白颠倒的女孩，下线。

美发厅里的小妹妹很会游说，我不过是想把头发剪短一些，她却一会儿建议我染发一会儿又建议我做离子烫。等我花掉四百大洋和四小时后，她如愿以偿地对着镜中的我大加赞赏说："瞧一瞧，你现在多漂亮。"

漂亮，呵呵。漂亮给谁看呢？

不过，被人夸总是高兴的，所以钱虽然花掉了，心情还算不错。

我从美发厅里走出来，阳光已经消失，黑夜正在来临。我摸摸口袋里最后的五十元钱，忽然很想去"大学城"喝点冰啤，于是我就去了。

"大学城"里的老板娘叫清妹，她好像是优诺的老同学。见了我，她很高兴地说："怎么样？这下没得挑了吧？"

"你说优诺啊，"我说，"不错是不错，可是这家伙这两天找不到人，说是明天才能来替我补课呢。”

“谈恋爱去了呀。”清妹朝我挤挤眼说，“恋爱大过天嘛。”

“不会吧，她跟我说过她没男朋友的。”

“恋爱来的时候排山倒海，谁能预料？”清妹递给我一大杯冰啤说，“悠着点，别喝多了，优诺会找我算账的，呵呵。”

“她现在搞得就像我的经纪人似的。”我嘴里不满，心里倒还是快乐的。说完这话，我就发现那天被我撵出家门的那个女大学生，就坐在离我不远的地方，她差不多是同时看到了我，起身朝我走过来。

“头发做过了？”她在我身边坐下说，“这下看上去不是那么老土了。”

我给她一个背影。

她在我身后说：“听说你不过是他的养女，我不知道你得意什么！”

“得意我被他收养且眼看着就要继承他的万贯家财，不行吗？”我转回头说，“你是不是很羡慕来着？”

“蔡佳佳。”清妹出来打圆场，“别跟小妹妹过不去啦。”

蔡佳佳说：“哪里的话，我只是想和小妹妹聊聊天。”

“滚你妈的蛋！”我粗鲁地说。

蔡佳佳忽然笑了，问我说：“有件事我一直想不通，他那么文质彬彬，怎么会收养你这么一个没教养的人呢？”

“你问他去啊。”我说，“找个理由再见他一次，没准见面后还能骗一笔。”

“你这是侮辱我还是侮辱他呢？”蔡佳佳说，“不怕你伤心，我倒是可以告诉你，我今晚真的和他有约会，呵呵呵。”

“那是你们俩的事。”我付账离去，好不容易有的一点兴致，被这个叫蔡佳佳的不要脸的女生破坏得一干二净。

我回到家里的时候，伍妈已经下班，饭桌上照例是我的饭菜，旁边是歪歪扭扭的字：“冷了就用微波炉自己热一下。”

没有食欲。

整个房子是座寂寞的空城。

我给优诺打电话，告诉她我剪了头发，她在那边笑得天花乱坠：“想我啦？我明天就回去哦。”

“你和男朋友在一起吧？”我问她。

“也许……算是吧。”她哈哈笑，“正在进行时。”

“你在哪里？”我问她。

她说出一个小镇的名字，那小镇离市区有五十多公里，我立刻放弃了请她过来陪我的想法。

这个世界上，其实是没有人可以真正依靠的，不是吗？

我跟她说了再见，然后趴在沙发上发呆。我真的很想很想找个人来陪我，哪怕是曾炜、布衣。总之，跟我说说话就好。

我打了曾炜的电话，竟是个女生接的。过了好半天他才接过去，用不相信的语气问我：“你真的是叶小寂？”

“不是我是谁？”

“找我有事吗？”不知道是不是因为身边有别的女生，他客气得像我们从不曾相识。

“没事，问候你妈。”我狠狠地摔了电话。

我也不知道自己是怎么在沙发上睡着的，我在深夜十二点被林涣之喊醒：“七七，到床上去睡！”

“你去哪里了？”我也不知道自己怎么了，开口竟是这句话。也许是我一直想要这么问，所以就毫不考虑地问出来了吧。

“有应酬。”他可能也觉得我问得奇怪，因为我从来都不过问他的私事，但他还是用这简短的三个字回答了我。答完后他直直地看着我说：“你的头发怎么了，谁让你染这种乱七八糟的颜色的？”

“什么应酬？”我不搭理他的问题，继续问。

“生意上的事。”看得出来他很容忍。

“是陪美女吧。”我冷冷地说，“你夜夜笙歌，就不怕自己吃不消？”

“七七！”他愤怒地说，“你听听自己都在说什么！给我上去睡觉去！还有，明天去把头发染回黑色！”

“就不！”我在家里跳上跳下，把所有的灯都打开来，把电视开到最大声，然后我对他说：“要睡你去睡，我也要享受我自己的夜生活！”

他沉默地关掉了电视，关掉了客厅里的大灯，然后他走到我面前说：“我警告你，你最好适可而止。”

我讥讽地说：“你的品位呢？怎么连蔡佳佳那样的人你都瞧得上眼？”

“什么蔡佳佳？”他跟我装糊涂。

KAO！我真服了他。

“你现在只有一个选择，就是上楼去睡觉！”他严厉地说，“我不想再跟你多说！”

“如果我不呢？”我倔强地扬起头。

他挥起了手臂，但最终还是没有落下来。

我的心里掠过一丝莫名的快感，我们俩这么多年来的战争，就算我从来没有赢过，但总是能让他筋疲力尽，这样我也不至于输得太难看，不是吗？

我没说错，他真的已经筋疲力尽，不再理我，无力地朝楼上走去。他上楼的步子真是缓慢，背影看上去已经苍老。我的心里泛起一阵酸酸的涟漪，然后，我开始号啕大哭。

他没有回头，也没有下来安慰我。

二十分钟后来的是麦子。她自己用钥匙开的门，看来我对她的地位还有所低估。她走进来，对着仍在呜咽的我说：“天天闹你就不觉得累吗？”

我不理她。

她又说：“我得去看看他，他又喊胃疼了。”

我依然不理她。心里恨恨地想：得了吧你，你不就喜欢他撒娇吗？

“你还没吃饭吧？”麦子拍拍我说，“乖，自己去热点东西来吃。”

说完，她上楼去了，没过十分钟，她又下来了，看着站在原地纹丝不动的我，俯下身对我说：“七七，你哪里不痛快，说出来好吗？”

我低声："我有病。"

"别胡说。"麦子说，"明天我带你去见个朋友，也许会对你有所帮助。"

"好的，麦子。"我前所未有地听话，"你带我去看病，好的。"

麦子抱了抱我："没事的，七七。你只要听话，一定没事的。"

我倦得一点劲儿也没有，如同沉溺于深海，无法自救。

那晚，我胡乱吃了点东西。在客厅的沙发上睡了一夜。麦子没走，一直陪我，睡另一张沙发。

夜里我醒过一次，发现身上多了一床小被子。麦子就躺在那边，夜灯微弱的光打在她脸上，我第一次发现她是一个如此美丽的女人，长长的头发和长长的睫毛，入睡后均匀的呼吸。她不是我什么人，她没有义务守着我。可是她愿意这样整夜委屈地躺在沙发上，陪一个从不正眼看她的、她从来就没有喜欢过的人。

为了爱情，真是让一个女人做什么都可以吗？

第二天，我被大惊小怪的伍妈吵醒："七七，你这丫头怎么会睡在这里？麦医生，你怎么也在？"

我睡眼惺忪地推开她往楼上跑去，正巧林涣之从楼下走下来，他一把抓住我的手腕说："你听好了，今天哪里也不许去，给我老老实实在家待着。"

"你别逼我。"我甩开他，"不过我告诉你，我不会离家出走的，那种老土的把戏我再也不想玩！"

"那是最好。"他说，"很遗憾地告诉你，我要从今天起开始管教你。我会打电话给优诺，要求增加你的补课量。另外，你每天上网的时间不可以超过两小时。要是不听，我就把网停掉电脑搬走，你自己考虑清楚！”

“你不觉得迟了点？”我问他。

“什么？”他不懂。

“你的管教！”我说，“很遗憾，我一点儿也不怕！”说完，我噔噔噔地上楼了。进房间的第一件事，就是赌气开了我的电脑。

敢搬走我的电脑，他来试试看！

没一会儿伍妈进来了，她对我说：“麦医生说她上午要开会，下午会来接你。”

“去去去，别烦我。”我对伍妈也没好气。

“七七。”伍妈一副主持公道的样子，“你这两年越闹越过分。”

我一语不发，站起身来把她往门外推。门关上的前一刻，伍妈用手指着我不甘心地骂：“再闹，我真要对你不客气！”

我坐回椅子上，眼睛回到电脑屏幕上，又看到暴暴蓝，她见到我就对我说：“早啊七七，我又一夜没睡呢。”

“又写小说了？”

“不然我还能干什么？嘿嘿。”

我到论坛，果然看到她又贴了新的章节上去，她笔下的“七七”又和男朋友吵架了，她恶狠狠地对他说：“你要是再不跟我道歉，我就拿刀劈你！”然后她就真的拿着刀追上去了，把那个男生从六楼一直追到十二楼……真过瘾，我笑得肠子都打结了。于是留帖夸她是天才。她高兴地说：好好好，这样我才有信心继续写下去嘛。

我真没见过为了写作这么拼命的人，整日整夜地挂在网上写，不要命一样。

只有我，是没有理想没有追求的。

如果非要说有，那就是想方设法地去激怒林涣之。

这仿佛是我这几年来最苦心经营且为之奋不顾身的事业。

一大早，天气就闷得让人发疯，让人喘不过气。十点左右，下起雨来。仿佛只是在一秒钟之间，天黑了，云聚拢来，大雨如注。我慌里慌张地对暴暴蓝说：“我不陪你了，我得下线了，下雨了。”

“你这孩子，下雨跟下线有什么关系？”暴暴蓝嘲笑我，“你该不是怕打雷要躲到被窝里去吧？哈哈哈。”

我匆匆忙忙地下了线。暴暴蓝真是个聪明的女生，至少她说对了一半，我是被这场雨吓了很大很大的一跳，它让我无法抗拒地回忆起我一直不愿回忆的六岁时那个改变我一生的雨天。我没有预想到，有一天，我还会和这样一场一模一样的雨突然地相逢。

在这之前，我一直对那场雨有所怀疑，我曾经以为是我的记忆无限地夸大了它。直到今天我才知道，原来真的有这样的雨，它来得迅速而凶猛，铺天盖地，仿佛要不顾一切地摧毁这个世界。

我坐在椅子上，呆呆地看雨打进露台，看风把窗帘高高地吹起，一时竟不能动弹。我听到伍妈在家里骂骂咧咧，脚步急促地飞奔，一定是忙着收回露台上晒的被子衣服和毛巾。没一会儿她进了我的房间，冲着我大喝一声：“傻了？怎么不关窗？”

说完，她放下手里的东西，奔到露台上把窗哗地拉起来，拿回我已经被雨淋得湿透的鞋，又替我扭亮了房间里的灯。雨声骤然变小了，灯光让人有种黑夜提前来临的错觉。伍妈朝我走过来，我闭着眼睛说："别啰唆，求你哦。"

"天天在家待着，动一下都不肯，不懒出毛病来才怪！"

她把洗得很干净的床单在我的床上铺展开来，那床单是我喜欢的纯白色，中间有一朵大大的金黄色的向日葵。很多的时候我喜欢四仰八叉地躺在上面沉睡或是胡思乱想，那样让我觉得安宁。伍妈一面用力地拍着床单一面回头大声地对我说："你不舒服还是怎么了，脸色那么难看？"

"对，我头痛。"

伍妈赶紧放下手中的活儿，过来摸我的额头，我不耐烦地推开了她的手。

她走到一边去打电话，找麦医生，我冲过去一把扯下她手里的电话说："你神经不神经啊，你打电话给她干什么！"

"麦医生走的时候说了，你要是不舒服一定要通知她。"伍妈是个很固执的老太太，她把我往边上一推说，"每天不是头痛就是失眠，要不就是死睡，怎么叫人放得下心哦！"

我死按住电话不让她打，她继续推我，与我僵持着。

很快我就坚持不住了，我三步两步跑到露台上，一把将窗户推开，让风雨肆无忌惮地再次冲进来，我就在那巨大的雨声里冲着伍妈喊道："你打啊打啊，你要敢打，我马上就从这里跳下去，你让他们来收尸好啦！"

伍妈被我吓坏了，扔下电话就朝我跑来，一把死死地抱住我说："这丫头作死啊，作死也不是这样的做法！你给我进来，进来！"

雨打在我们身上，这该死的无休无止的雨。我坚持着我的姿势。

没有人知道，我那一刻真的是不想活了，或者说我很长时间都不想活了，我真的早就活够了。

这些无望的没有尽头的日子，让它结束也罢。

我奋力地推开伍妈，长腿一跨迈上了露台。

伍妈尖叫着过来拖我。我已经无法控制我自己，拼命地往她身上踢呀踢，就在这千钧一发的时候，门铃叮当当地响了起来。伍妈把头伸出去，朝着楼下大喊："快快，快打电话给七七爸爸！"

我把头扭过去，竟看到优诺，下那么大的雨，她没有带雨伞，全身湿透地站在那里疑惑地冲上喊："七七，你在干什么？"

那一瞬间，我所有的力气都已消失，颓然跌坐在露台已被雨水打得尽湿的地砖上。伍妈用力地拉上了窗玻璃。她被我吓坏了，手上一点劲儿也没有，拉了半天也没把我从地上拉起来。最终还是我自己站了起来，坐到房间里的椅子上，朝她挥挥手说："去给优诺开门吧。"

崩溃。

我终于让自己崩溃了。

而且，我也被崩溃的自己吓得不轻。

不知道过了多久，我听到有人进来。她走到我身边，用一条干毛巾细细地替我擦头发，然后她咯咯笑着说："瞧我们两个落汤鸡，我们一起去洗个澡吧，不然会感冒的。"

优诺拿着莲蓬头细心地为我冲淋，她摸着我的长发说："七七你头发真好，我十七岁的时候也有一头这么好的长发，可惜现在老了，头发越来越软，只好剪成短发啦。"

我有些害怕地说：“优诺，我今天差点死了。”

“好啊，大难不死必有后福。”

“优诺，我好怕，我怎么会控制不了我自己？”

“别怕呵，我这不是来了吗？”

“雨停了吗？”我问她。

“停啦！”优诺说，“我最喜欢雨后的天气了，等我们洗得干干净净香喷喷的就一起出去散步！好不好？”

我点点头。

“唱歌给你听吧，”优诺说，“我最喜欢在洗澡的时候唱歌了。”说完，她就在唏里哗啦的水声里悠扬地唱起那首《B 小调雨后》：

一斜斜乍暖轻寒的夕阳
一双双红掌轻拨的鸳鸯
一离离原上寂寞的村庄
一段段断了心肠的流光

两只手捧着黯淡的时光
两个人沿着背影的去向
两句话可以掩饰的慌张
两年后可以忘记的地方

我的心就像
西风老树下人家

池塘边落落野花

雨后的我怎么舞啊舞啊舞啦

等优诺唱完后，我下定决心对她说:“陪我去找麦子好吗？我也想知道自己到底怎么了。”

“好的。”优诺沉思了一下，然后轻快地说，“穿上你最漂亮的衣服，我们——出发！”

CHAPTER 8

你走得有多远

我写了很多很多的字

那些字变成一只只的猫

我抱着它们偷偷跑出去晒太阳

听到你一声一声地唤我归家

可是当我回来

你却走了

在岁月的轮回里

我们总是这样遗憾地擦肩而过

高考结束的第二天，奶奶走了。

脑溢血。

生命的结束是如此的快而残酷。就在清晨的时候，奶奶还在阳台的摇椅上晒着太阳眯着眼睛问暴暴蓝:“考不上怎么办啊？”

“我能养活自己，还有你。”暴暴蓝伏在阳台上，看着天说，“你放心。”

奶奶的嘴角浮起一丝微笑。阳光照着她花白的鬓角，她软声软语不急不缓地说:“孩子，不怪你，要怪就怪你不懂事的爹妈。”

六月的天已经热得可以，奶奶穿了一件暗蓝色的布褂子，神情安然。那时候暴暴蓝很想走上前去摸摸她的头发，或者，抱抱她。但是她最终没有，她只是在心里对自己说：说什么也要让这个和自己相依为命十几年的人过上好日子。

但是，她忽然走了。

说走就走了。

人们发现她的内衣口袋里装着一个存折，上面有五万块，存款人姓名那一栏写的是暴暴蓝的名字：倪幸。

姑姑百般不情愿地把这张存折递给暴暴蓝的时候，那两个字深深刺痛了她的眼睛。她没有伸手去接，她知道，那是奶奶所有的养老金，这么多年来，她孜孜不倦地存钱，好吃的东西舍不得吃，一件新衣服也舍不得买，就是为了给自己留下这笔财富。

还记得，暴暴蓝每次拿了数目可观的稿费，会分一半给奶奶，奶奶拿着钱，晃到电脑面前，不相信地问："就你整天打这些字，可以换成钱？"

"可不！"暴暴蓝得意地说。

"怪了。"奶奶摇着头捏着钱离去。晚餐的桌上会多出两样暴暴蓝喜欢的菜来，祖孙俩默默地吃完，再默默地去做自己的事。

她们彼此之间并没有太多的话题，但爱却是坚实并真实地存在，只不过从来都不说而已。

五万块的存折，足以说明这一点。

奶奶有很多的后代，可是她只有这唯一的五万块。

她把它留给了暴暴蓝。

"考不上怎么办啊？"空气里仿佛一直回荡着奶奶担心的极富穿透力的声音。暴暴蓝把耳朵捂起来也躲不掉，于是只好跳到床上用毛巾被把自己裹起来。她很想知道奶奶走的时候心里有没有遗憾，如果那天她走上前去抱了她，她会不会因此而走得快乐一点。其实有很多很多的日子，暴暴蓝一直在埋怨奶奶，埋怨她做的菜不够咸，埋怨她晚上不想让自己上网就悄悄地拉掉电闸，埋怨她不让自己穿稍显新潮的衣服，埋怨她一旦数落起爸爸妈妈来不到一个小时绝不罢休……

如今，这些埋怨统统都不在了。

它们和她一起消失了，消失得那么毅然决然，消失得不留一丝的痕迹。

暴暴蓝却宁愿她还活着，哪怕是天天听她唠叨和责备，也绝不还口。

“你怎么办呢？”妈妈把毛巾被的一角掀开后问她，“这房子要卖掉，你是住我那里去还是住你爸爸那里去？”

“我哪里也不去，这里谁也不许卖！”暴暴蓝坚决地说。

妈妈压低声音：“这房子是奶奶的遗产，卖了是要大家分的，你说不卖就不卖？你姑姑和姑父早就盼着这一天了。”

“谁也不许卖！”暴暴蓝冲着外面喊道，“大不了你们把我的五万块拿走，把房子给我留下来！”

“你傻了还是什么的！”妈妈一把捂住她的嘴，“这破房子还不一定能卖到五万块呢，别瞎嚷嚷！”

正说着，姑姑就进来了，她把手里的存折再次往暴暴蓝面前一递说：“你是孙女，我们阿磊是孙子，可是你瞧瞧，你奶奶对你多偏心！”

妈妈连忙把存折扯过来说：“她老人家心疼我们家小幸，这可是她自愿的事儿，又没哪个逼她！”

“这房子……”姑姑抱着手臂看看四周说，“我看还是赶快处理了吧，破成这样，晚些怕是更卖不到好价钱了。”

“你滚！”暴暴蓝从床上跳起来，指着姑姑骂。

“你说什么？”姑姑尖叫起来，“你这丫头有什么权利跟我这样说话？”

“就凭我是奶奶的孙女，就凭我在这里住了十几年！”暴暴蓝奔到外屋，操起门后的一根长木棍子，对着一屋子的人声嘶力竭地喊：“滚，都给我滚，谁不滚我打他出去！”

“倪幸你发什么疯！”爸爸正在和姑父商量着什么，见状连忙起身要来夺她手里的东西。妈妈七岁的儿子吓得一溜烟躲进了里屋，而姑父十四岁的儿子小磊则嘴里嚼着口香糖，用一种不屑的看笑话的眼神盯着暴暴蓝。

正找不到人出气，暴暴蓝当机立断，一棍子就敲到了他的头上。

他躲闪不及，抱着头蹲到地上嗷嗷地叫起来。暴暴蓝不罢休还要打，被爸爸和姑父一人拉住一只手硬生生地拖住了。

棍子咣当一声掉到了地上。

“放开我！”暴暴蓝上身动弹不得，只好一面叫一面拼命地蹬着双腿。爸爸恼羞成怒，对着她啪地就挥了一耳光：“叫你别发疯！”

小磊哈哈大笑。

那一刻，世界对暴暴蓝是静止的，只有小磊的笑声，穿透静止的空气，在带着耻辱和绝望的狭小空间里来回飞行。

暴暴蓝捂住脸屈辱地想：这就是自己的亲生父亲，十几年来对她没有尽过父亲的义务，打起人来的时候却是毫不含糊。

“你打她干什么？”母亲尖叫着扑上来和父亲厮打到一块儿，“你这个臭没本事的，除了打女儿你还能做什么？”

“你喊什么喊！我不仅打她我还要打你！”父亲瞪着血红的

眼睛。

姑姑和姑父走上前，装模作样地劝架。

一片混乱中，暴暴蓝反而镇定下来，她走到里屋，拿起自己的背包，拿上五万块钱的存折，溜出了家门。

这是高考结束后的第五天，奶奶尸骨未寒，她们曾经相依为命的小小疆土，眼看着就要被无情地吞噬。

十八岁的暴暴蓝，无力回天。

手机里忽然传来短消息的提示音，是优诺。她说："亲爱的，好多天不见你，很挂念。不管考得如何，都过去了。记得要快乐。"

暴暴蓝好多天没上网了。优诺是个多么关心朋友惦记朋友的好女孩，她一定以为暴暴蓝是因为考得不好心情坏透了才不上网。其实考试对于暴暴蓝来说真的无所谓，她在考试的前一天就跟黄乐说了："高考，滚他妈的蛋！"

不过她还是参加了高考，只是一种形式而已。读了十几年的书，这一关总是要过的，最重要的是，她不想让奶奶伤心。

可是现在，世界上最疼她的那个人已经去了，暴暴蓝就再也无所谓了，真的无所谓了。

"我没事。"暴暴蓝给优诺回，"我只是有点累。"

也许是觉得发短消息说不清楚，优诺干脆把电话打了过来："喂，好多天不见你上网，是不是故意要让我们想念你啊。"

"优诺。"暴暴蓝有些感动地说，"我怀疑你是天使，你怎么总是在我最需要安慰的时候出现呢？"

"又怎么了？别吓我哦。"优诺轻快地说，"猜猜我跟谁在一起？”话音刚落就有人把电话抢了过去，声音懒懒地说：“暴暴蓝，你的小说写得怎么样了？网上也不贴结局，有没有敬业精神啊！”

是七七。

这是暴暴蓝第一次听到七七的声音，不知道为什么，却觉得有一种别样的亲切感。隔着电话，这个女孩忽然和她笔下的“七七”奇妙地融合，变得生动而有质感。

暴暴蓝想：其实我们真的是互相需要的。

这一切多像优诺网站里的一句话：我们都是单翅膀的天使，只有拥抱着，才可以飞翔。

“我写完了。”暴暴蓝对七七说，“等我可以上网了，就发给你看。”

“顺便问一下，你有没有让我死啊。”七七在那边咯咯地笑。

“死了。”暴暴蓝说。

“啊！”七七说，“怎么死的啊，一定要记得让我吃安眠药，这样才比较不痛啊。”

“你看了稿子就会知道了。”暴暴蓝说，“七七我现在不能跟你讲了，我还有事情要做，先跟你们说再见哦。”

“再见哦再见哦。”七七很干脆地挂掉了电话。

暴暴蓝把手机收起来，她想要去做的事，是一件其实已经想了很久但一直没有勇气去做的事，那就是——去找涂鸦。

无数无数个七十二小时过去了，暴暴蓝终于下定决心要去找涂鸦。虽然早就知道是注定要分离的结局，但此时此刻，如果不算上鞭长莫及的优诺和七七，应该说除了涂鸦，没有第二个人可以让自己安宁。

又或者，是总算找到了一个可以回去找他的理由？

不管了不管了！

下定决心后，暴暴蓝拨了涂鸦的电话，可是他关机。

到了他的宿舍，没人。

于是只好去了美院。这是一个曾经熟门熟路的地方，那时候暴暴蓝曾经多次穿过校园到画室去找涂鸦，或者在校门口啃着一串蘸满辣酱的臭豆腐等他出来，让他把自己轻轻一搂，口无遮掩地说：“小暴呃，暴饮暴食会短命呃。”

小暴呃。

好像好久好久，都没有人这么叫过她了。

这时早该放学了，涂鸦没出来。暴暴蓝保持着一个姿势，有些固执地等着。

黄昏，六月的风吹过时没有什么声音，她只看到经过的女生的裙摆悠悠地扬起。那女生背着画夹，有让暴暴蓝嫉妒的高挑的身材和一头顺直的长发。暴暴蓝总是穿着脏脏的牛仔裤，吃完了东西双手就在裤子上用力地擦。她也总是弄不好自己的头发，它们干燥凌乱，无论用什么牌子的洗发水来洗、用什么高级的梳子来梳都无济于事。这么多年来它们就这么顽固地不可收拾地乱着，让暴暴蓝一想到就心灰意冷。

终于看到涂鸦。

他一个人，也穿着很脏的牛仔裤，也是很乱的头发，从校门口低着头晃出来。暴暴蓝没有喊他，而是走到他面前去，低着头挡住了他的去路。

“怎么，你还没死？”过了一会儿，她听到涂鸦不以为然的声音。

“我没死。”暴暴蓝说，“我奶奶死了。”

“什么？”涂鸦没有听清楚。

“我奶奶她死了！”暴暴蓝抬起头来冲着涂鸦喊。这时候的她，已经是满脸不可控制的泪水。

“啊啊。”涂鸦这回听清了，他伸出手来拥抱她。然后他说：“小暴同志，TNND 你别哭啊，你哭的话我就没辙了。”

涂鸦抱她抱得很紧，那是暴暴蓝想念已久的味道，属于涂鸦的特别的味道。有时候在没人的地方偷偷地抽一根烟，在寂寞的深夜对着冰冷的电脑拼命敲字的时候，这种味道就会不讲道理地侵袭自己，它总是以绝不罢休的姿态穿过回忆的缝隙，如针一样地插进自己的鼻孔，怎么躲也躲不掉。

“走吧走吧。”涂鸦说，“让我好好安慰安慰你。”

好久不来，涂鸦的出租屋出乎暴暴蓝意料的干净，墙上居然还贴了一张萧亚轩的照片，巨幅的。这是暴暴蓝比较喜欢的一个歌手，她有涂得红红的极富个性的嘴唇，用独特的女中音唱让人心痛的快歌和慢歌。

见暴暴蓝盯着它看，涂鸦跳上床一把撕掉了它，墙后面露出来的是一幅画，不用想就知道那是涂鸦的手笔，画上是两个正在接吻的男女，有夸张的表情和动作。

“哈哈哈。一时兴起乱画的，有点色，所以遮起来了。”

“涂鸦你要死啊！”暴暴蓝追着他就打。

涂鸦一把抓住她的手，笑笑地说：“这么长时间了，怎么你还没有学会温柔呢？”

涂鸦的力气很大，他的脸慢慢地俯了过来，在这张脸被无限的放大后，他吻住了暴暴蓝的唇。起初是轻轻的，然后他变得很粗暴，像是要把暴暴蓝整个吞没一般。暴暴蓝用力地抓住涂鸦的背，她快要窒息了，眼前全是星星。她很想推开他，可是没有力气。就这样，涂鸦把她一把推倒在床上。

“一颗，两颗，三颗……”涂鸦压在她的身上，轻喘着气说，“你的衣服怎么会有这么多的扣子？”

“我奶奶死了。”暴暴蓝睁大眼睛，气若游丝地说。

“人都是要死的。”涂鸦把暴暴蓝的头掰正了，看着她的眼睛哑着嗓子说，“有一天我们也要死，所以，要及时享乐。”

涂鸦的眼睛真是好看，他的眼神是那么的深邃迷人。暴暴蓝昏头昏脑地问：“这些日子，你到底有没有想过我呢？”

涂鸦不答，而此时，暴暴蓝的衬衫已经被他解开，他的手掌探进去，放在暴暴蓝的小腹上，这天天握画笔的手掌有着磨砂感的温暖，然后，游走。

然后，他叹息说：“小暴，你真瘦得不可救药。”

房门就是在这时候被打开的。开门的人是西西，她拎着一大袋子的食物站在门口，看着正躺在床上的暴暴蓝和涂鸦，像化石一样。

暴暴蓝慌乱地坐直了整理衣服。

涂鸦气急败坏地呵斥西西说：“同志，进屋要敲门，你妈妈从小没有教过你吗？”

西西一语不发，而是顺手拉亮了房间里的灯。那灯泡是一百瓦的，把整个房间照得亮堂堂，也照亮了她自己。暴暴蓝很快就发现她已经不再是以前那个面皮薄的小姑娘，看样子她并不怕涂鸦，而且她看着涂鸦的眼神里充满了“捉奸在床”的愤怒和指责。

最重要的是，她有这里的钥匙。暴暴蓝和涂鸦最亲密那会儿，也没有拥有过这种特权。

“看完没有？”涂鸦问西西说，“你他妈要是看完了出门的时候请顺手带上门，我们还要继续呢！”

西西不动，胸脯上下起伏。

动的是暴暴蓝，她下了床，背好包，出门。

身后传来西西的尖叫和一声巨响，如果没有猜错，是涂鸦踢翻了床头装着很多画的那只大木桶。

她以为，涂鸦不会来追她，可是她竟然猜错了。下楼后没走出多远，身后传来了涂鸦喊她的声音，他说：“喂！喂喂！”

暴暴蓝停下了脚步，却没有回头。

涂鸦追上来说：“不如，我送你回去吧。”

“不用了。”暴暴蓝看着路边一只很脏的垃圾箱说。

“其实，我跟她也没什么。”涂鸦说，“又其实，我天天都去那个网站……”

“涂鸦。”暴暴蓝转过头去看着涂鸦俊美的脸，一字一句地说，“我们缘分已尽。”

涂鸦不耐烦地说：“你他妈能不能不要净整这些玄的？”

“就算是吧。”暴暴蓝说，“不过你不懂也没关系，因为没有必要懂了。”

“切，那你还来找我干什么？”

“我白痴。行了吧？”暴暴蓝说。

“休战。”涂鸦的手圈过来，“继续做我的女朋友，OK？”

“No.”暴暴蓝把头摇起来，坚决地说，“No，No，No.”

“你要记住，我不会再给你第二次机会。”涂鸦威胁她。

暴暴蓝笑了起来，她一面笑一面转身离开。她真的觉得世界上再也没有比这更好笑的事情了。涂鸦没有再跟上来，暴暴蓝就这样笑着离开。她笑着走到了公交车的站台，笑着挤上了公共汽车，谢天谢地，满车都是人，拥挤不堪的车厢终于让拥挤不堪的心事变得微不足道起来。

一直到车子开到终点站，暴暴蓝才发现这不是自己想来的地方。或者，自己根本不知道自己想去哪个地方。在陌生的城区茫然四顾的时候，手机响起，是黄乐，他在那边激动地说：“稿子看完了，不错咧，就是结尾你会不会觉得太残酷了一点啊？就那么干脆利落地死了？要不我们碰个头商量一下！”

“什么叫残酷？”暴暴蓝气呼呼地问黄乐，“你到底知不知道明不明白懂不懂什么叫残酷？”

黄乐被她问蒙了，好半天才说出话来：“干吗呢？心情不好？”

“是！”暴暴蓝咬着牙说。

“那再来‘印象’歇会儿。”黄乐说，“我和陶课正好都在。”

陶课？

自从他上次陪她到医院挂水并送她回家后，暴暴蓝就再也没见过他，但奇怪的是，他的样子在脑海里却一直很清晰，不像黄乐的那张大众化的脸，很容易就让人忘了他的模样。

“哦。”暴暴蓝说，“可是我不知道我现在在哪里？”

“你到底怎么了？”黄乐开始不耐烦。

“不要你管！”暴暴蓝冲着电话大喊。

“在哪里呢？”这回应该是陶课，他的声音里有一种带了磁性的温柔，不像黄乐，总是那么毛毛躁躁。

“17路终点。”暴暴蓝说。

“你跑到荒郊野外去干什么？”

“因为我没有地方去。”暴暴蓝对着陌生人倾诉。

“好吧好吧。”陶课说，“你就在站台那里等我，我开车来接你。”

暴暴蓝挂了电话，到路边的小摊上买了一包香烟和一包火柴。烟瘾是在替黄乐写长篇的时候变大的，写不下去的时候，就非要抽上一两根。暴暴蓝抽烟从来不看牌子，杂乱无章地抽着，把烟灰弹到窗外，把烟盒撕得细细碎碎的，从抽水马桶里冲掉。不过现在，她不用再担心任何人因为看到她抽烟而伤心了。肆无忌惮的代价，是永远地失去。

当暴暴蓝靠在站台的铁椅子旁抽完第二根烟的时候，陶课到了。他打开车门向暴暴蓝招手，暴暴蓝把烟拿在手里坐进去。他看着暴暴蓝笑了笑说：“怎么，美女作家的颓废样这么快就出来了？”

“去银行。”暴暴蓝说。

“黄乐在等着。”

“让黄乐见鬼去！”

陶课吸吸鼻子说：“也是个好主意啊。”

银行里，暴暴蓝当着陶课的面取出了那五万块钱，密码就写在存折的后面，是暴暴蓝的生日。暴暴蓝一张一张地数着那些钱，她从来没有数过这么多的钱，站得腿都发麻的时候才终于数完了，五万，一分不少。

黄乐的电话一个接一个地打过来，打完陶课的打暴暴蓝的，他们都心照不宣地按掉了。

陶课终于问：“哪来这么多钱？写稿子挣的？”

“这不是我的钱。”暴暴蓝把钱装到背包里，然后对陶课说，“你能替我找家宾馆吗？我今晚没地方可去。”

陶课吓一大跳的样子，不过却饶有兴趣地说：“你真是个谜一样的女孩儿。”

“不要太贵的。”暴暴蓝说，“安全一点的地方。”

陶课把一只手放在下巴上，一只手指着她的背包说：“说实话，你带这么多钱，到哪里都算不上安全。”

“那怎么办？”

“要知道现在不流行离家出走了。”陶课说。

“你不明白的。”暴暴蓝把背包紧紧地抱在胸前。

“真不打算回去？”陶课问。

“嗯。”暴暴蓝答。

“那好吧。”陶课下定决心一样地说，“那就到我家将就一晚吧。

至少，我不会打你这五万块钱的主意。”

“我怎知？”暴暴蓝说，“我们还是陌生人，知人知面不知心。”

“我倒。”陶课说。

“那好吧。”这回是暴暴蓝下了决心，“我去你家。不过，你要是有什么鬼主意，当心我要了你的命。”

“怕怕。”陶课说，“你可千万别像你小说里的主人公那么暴力，拿把菜刀跟在她男朋友身后追。”

“你看过我的小说？”

“废话。”陶课说，“我要做发行，岂能不看。”

“那黄乐的意见呢？”

“你看着办喽。”

“呵呵。你比黄乐狡猾多了。”暴暴蓝说完，再次坐上陶课的车。她把背包紧紧地搂着，头靠到椅背上，用无限疲惫的声音对陶课说：“我很累，我想睡了。”

“那就睡吧。”陶课说，“我家挺远，要开一阵子的。”

好多天没有睡好觉了，暴暴蓝头一歪就真的睡着了。她在梦里遇到了奶奶，奶奶还是穿着那件暗蓝色的褂子，笑起来一脸金黄色的皱纹。她对暴暴蓝说：“你把牛仔裤脱掉吧，女孩子还是穿花裙子更漂亮些。”

暴暴蓝惊喜地迎上去说：“奶奶，哦，奶奶。原来你没有走。”

“我走了。”奶奶说，“我真的得走了。”

“等等，”暴暴蓝说，“我想知道你恨不恨他们？”

奶奶摇头笑。

“可是奶奶，”暴暴蓝说，“我有时候真想杀了他们。”

奶奶又笑了：“我真的要走了，你记得要坚强，要照顾好自己。”

说完，奶奶的笑容就隐没在空气里。

“奶奶！”暴暴蓝惊呼，然后她醒了。她睁开眼看到正在开车的陶课，他腾出手来递给她一张纸巾，用和奶奶一样温和的声音说：“你做梦了吧，我听到你在喊奶奶。”

暴暴蓝把纸巾贴到面颊上，纸巾很快就湿成了一小团。陶课见状又递了一张给她，暴暴蓝悲从中来，终于在陶课的车里掩面大哭起来。

“会过去的，我向你保证。”陶课把车停到路边，伸出手来，在空中迟疑了一下，终于慢慢地放下来，轻轻地拍着暴暴蓝的背。一下，一下，又一下。

“我终于一无所有了。”暴暴蓝把一张弄湿的餐巾纸扔到窗外，喃喃地说。

CHAPTER 9

盛夏的果实

百无聊赖的午后

爱上一张纸

我用白色的蜡笔费力地涂抹　描绘

到了最后才发现

这不过是一场

发生在自己与自己之间的

徒劳无功的角逐

蓝顶大厦3903房间。

苏诚从后面环住优诺，下巴抵着她的长发，轻声说：“暑假跟我回苏州好吗？我十七楼的小公寓已经装修完毕，就差女主人了。”

这已经是苏诚第二次来，从饭店三十九层的窗口看下去，是整个城市仿若永恒不灭的灯火。优诺回过身来，笑笑地看着苏诚说：“可是这个暑假我真的有事，七七就要复学，我答应替她把功课都补上来。”

“他给你多少钱？”苏诚问。

“谁？”

“七七的父亲。”

“呵呵。”优诺坐到沙发上说，“要知道这并不是钱的问题。”

“那是什么问题？”苏诚不明白。

“你见了七七就知道了。”优诺说，“她是个寂寞的孩子，她需要我。”

“这是什么道理？”苏诚抚额叹息说，“我也是个寂寞的孩子，我也需要你呢。”

“苏诚你七老八十了别赖皮！”优诺笑他。

“你也知道我七老八十啦，”苏诚在优诺的身边蹲下说，“那你还不快点嫁给我，忍心让我一直唱单身情歌啊？”

“讨厌！”优诺伸手打他说，“有你这样的吗？求婚也不正经点！”

苏诚立马就单膝跪下了，变戏法一样地从口袋里掏出一个红色的丝绒盒子，打开来，里面是一枚闪闪发光的钻戒。

“嫁给我，优诺。”苏诚深情款款地说。

优诺睁大眼，用手捂住嘴，别过头去悄悄地笑，笑着笑着却有眼泪滚了出来。

“嫁给我。”苏诚继续，“跟你说实话吧，我今天是有备而来，你要是不答应，我就从这三十九层跳下去！”

“哇！”优诺擦着眼泪说，“我要考虑一下能不能找这么赖皮的人做老公啊。”

苏诚把戒指取出来，扔掉盒子。牵过优诺的手，细心地把戒指套在她纤细的手指上，他阴谋得逞般地笑说：“没时间给你考虑了，我宣布，你从现在起已经被我套住了。”

“谈婚论嫁，人生大事。”优诺认真地问苏诚，“你确定自己不会后悔吗？”

“如果要说后悔，”苏诚肯定地说，“就是毕业那年我没有追求你。”

优诺沉默。

苏诚长篇大论地说下去：“其实回到苏州我就后悔了。想你的时候，我就去你的网站，读你的文字和图片，读你藏在文字和图片里的那些埋怨和思念。真对不起，我是学理科的，没文科的头脑，所以用了好长的时间才读懂你。不过我发誓，你所受过的委屈，我都会在以后的日子里一一地补偿给你。”

“她呢？”优诺咬着下唇，终于问。

“谁？”

“田田。”

“我们分手了。”苏诚很坚决地说，“我跟她了断一切关系后，才来找你的。”

“她很爱你呢。”

“可是爱情不能勉强，要跟自己喜欢的人才能过一辈子。”苏诚说，“我在苏州有不错的工作，可以给你很安定的环境，让你去做你喜欢做的事情。优诺，请相信我，我会尽我一生之力给你最大的幸福。”

求婚真的是太太突然的事，优诺还是不知道该说什么，只好低头转动着手上的戒指。钻石不大，但相当的精美。相信苏诚挑它的时候一定用足了功夫。

就在这时候，有人按门铃，优诺松口气抢着去开门，惊现在眼前的是一大束红玫瑰，每一朵都鲜艳欲滴。

服务生捧着它说：“苏先生托我们订的。”

“对。”苏诚从后面走上前，接过玫瑰，当着服务生的面递给优诺说：“老婆，喜欢不喜欢？”

老婆。

亲热到不像话的称呼。

优诺一脚把门踢上，尖声叫起来：“苏诚苏诚我抗议啊，真的不能再玩啦，再玩下去我会疯掉的啦。”

苏诚把花放到桌上，一把捉住优诺的双手说：“抗议无效！”

说完，他把优诺的下巴抬起来，深深地吻住了她。

这是他们的第一次亲吻。

上一次苏诚来看优诺，正巧遇到优诺要拍一组照片来配新作，于是他陪她去了离市区有五十多公里的一个小镇。那里有很美的湖，一年四季汪着寂寞微蓝的湖水。入夜了，他们在湖边的小旅店入住，一个房间，一盏孤灯，一人一张小床，面对面说心事说到半夜，什么事情也没有发生。只是第二天送他到火车站的时候，他才在汹涌不安的人群里不露痕迹地握住了她的手，就这样一直牵到了检票口，再不露痕迹地松手。

他对优诺说：“我会再来。”

他没有食言，很快就再来，而且用他自己的话来说，是有备而来，带着他璀璨的钻戒，一吻定情，势在必得。

优诺找不到任何的理由拒绝。

她把头埋到苏诚的胸前说：“要知道，我是个很难侍候的小女子呢。”

“容我用幸福将你慢慢调教。”苏诚胸有成竹。

“我怕。”优诺说。

“怕什么？”

“怕爱情没有想象中那么美好。”

苏诚搂紧她说：“呵呵，是难侍候了些，不过我会拼尽全力。”

晚上，他们约了七七在“圣地亚”吃饭。苏诚和优诺先到，不一会儿，七七就来了，她的头发又剪短了些，不知道是不是灯光的缘故，看上去竟是微紫色的。看着她远远地走过来，苏诚有些不相信地问优诺："她高二？"

"对。"优诺说。

"天。"苏诚说，"像已经在社会上混足十年！"

"外表只是强撑，很快你就会发现她不过是个孩子。"优诺说完，站起身来朝着七七挥手致意。七七终于走近了，脸上带着挑剔的笑容，看着苏诚说："你好啊。"

"好啊。"苏诚答。

"喂啊喂！"七七夸张地冲着优诺喊，"你男朋友帅得可以啊！"

"嘘！"优诺制止她，"公共场所给我留点面子嘛。"

"是真的帅，不是拍你马屁。"七七一屁股坐下来，冲着服务生喊："来杯白兰地噢！"

"小女生应该喝Cappuccino。"苏诚说。

"是不是请不起啊？"七七不高兴地说，"要是请不起早说啊，我一会儿点起东西来可是不留情面的哦。"

"你这个小朋友有两下子啊。"苏诚哈哈笑着对优诺说，"才见面就将我的军！"

优诺举起桌上的刀叉恶狠狠地对苏诚说："知足吧，她没用这个对付你完全是给我面子。"

"你们说得我跟纳粹似的！"七七最近在补历史，随时活学活用。看到伍妈穿针引线，就叫她黄道婆；看到电视上剃光头的，就指着喊蒋介石。

七七有七七的智慧，只是常常用不对地方而已。

一顿饭吃得多少有些闷。只是聊聊暴暴蓝，聊起她好久不在网上，猜测她小说的结局以及她将来有没有可能成一个大作家。苏诚插不上话，就微笑着喝酒。七七也喝，她的酒量一点儿也不比苏诚差，只有优诺，慢慢地享用一杯现榨的鲜橙汁。

快结束的时候，优诺对七七说："小老板，我要请一星期的假，准不准？"

七七把嘴嘟起来："干吗去？"

"去苏州。"优诺看着苏诚说，"去他家。"

"丑媳妇要见公婆啊。"七七说，"带上我行不行？"

"行啊。"苏诚大方地说，"你要是愿意，一起去玩玩，我家房子挺大，住得下！"

"不高兴去！"七七用毛巾大力地抹嘴说，"这鬼天气一天比一天热，还是待在家里舒服呢。"

"你爸爸不是要带你去欧洲玩吗？"优诺建议说，"不如趁机去放松一下？"

"听他的？"七七说，"他哪句话能当真？工作，应酬，他最爱的是没完没了的工作和没完没了的应酬，其他都他妈是扯淡！"

说完了，七七探头问苏诚说："你有没有工作癖？要是有，我建议你别娶老婆。"

"工作重要，老婆也重要，一样都不能少。"苏诚笑起来，把手放到优诺肩头说："老婆，你说是不是？"

优诺的脸微红起来。

七七哈哈大笑说:“原来一日不见，你已经成为别人的老婆。不过他真是太帅了，你要小心，帅男人比较容易花心的哦。”

“别挑拨离间！”苏诚做生气状。

优诺只是微笑。

“OK！算我乱讲。”七七说，“我这个电灯泡照不动啦，要回家睡觉啦。”

说完，她摆摆手，站起身来，干净利落地离开。

她走后苏诚就对优诺说:“这女孩有些奇怪。”

“哪里怪？”

“她眼神里有种天然的敌意，我不知道是对我，还是对所有的人。”

“你多虑了。”优诺说，“七七是个特别的孩子，她拥有的都不是她想要的，所以，她才会与众不同一些。”

那晚，优诺没有陪苏诚回蓝顶大厦的房间，而是执意让苏诚送她回宿舍。其实也不是不相信苏诚，但总是怕有什么事情要发生。一切都来得太快了，就连心理，也没有做好十足的准备。

苏诚并没有勉强优诺，他们吹着夏风，牵着手慢慢地走回学校，在大门口说再见。分手之前，苏诚第二次吻优诺，那吻缠绵、轻柔，无休无止，直抵优诺的灵魂深处。只是优诺还不太明白，苦守多年等来的幸福，是否就是真正想要的幸福呢？

还是因为这幸福来得太快，所以会觉得不真实？

“跟我回去。”苏诚低声恳求。

“别孩子气啦。”优诺踮起脚尖，在他面颊上吻一下说，“来日方长。”

“我怕一切消失得太快。”苏诚说，“优诺你太美好，我才会心里忐忑。”

“别变着法拍我马屁！”优诺放开苏诚说，“明天早上几点半的特快，你不用来接我了，我们车站见？”

“拜。”苏诚摸摸她的头发，终于恋恋不舍地离去。

优诺回到宿舍开了电脑，竟在聊天室里意外地遇到好多天不见的暴暴蓝，她高兴地对暴暴蓝说：“今晚和七七吃饭，还谈到你，你的小说写得如何了？”

“一直在改结局。”暴暴蓝说。

“其实坚持你自己就好。”优诺说，“有时候编辑的意见你可以充耳不闻的。”

“关键是我自己也一直在犹豫。”

“高考呢？”

“分数早下来了，可是我没去查，查了也是白查。”

“嘿嘿，胆小鬼。”

“我在陌生人家里住了一阵子了。”暴暴蓝说，“亲爱的，我常常觉得自己无处可去。每日醒来，都很恐慌。”

“此心安处是吾乡。”优诺说，“把心定下来，也许什么都好办。”

“嗯。”

“说点高兴的吧。”优诺说，“今天有人跟我求婚呢。”

暴暴蓝打出一个笑脸：“那你同意没？”

“嗯。”

“真好。”暴暴蓝说，“那人很幸福。”

"蓝。"优诺诚心邀请说，"要是不开心，不如出来走走，我和七七都希望你过来玩，她一直想见你。"

"谢谢。"暴暴蓝说，"我会考虑哦。"

她不愿意多讲，可见心情实在是算不上好。但每个人都要经历一些曲折，暴暴蓝会挺过去的，优诺执意地相信，文采了不得的她会有很好的将来。

跟暴暴蓝道别后，优诺又把网站清理了一番，到睡觉的时候已经是凌晨一点了。简单地收拾了一下行装，把手机的闹钟调到早上八点，这才放心地睡去。

清晨，手机尖锐地响起来，优诺想当然地以为是闹钟，闭着眼伸出手按掉了，谁知道它很快又响，这才发现是电话。迷迷糊糊地接起来，那边传来的是伍妈着急的声音："优诺小姐是你吗？七七出事了，你快来！"

优诺被吓得一激灵，醒了，连忙问："出什么事了？"

"你快打车来，来了再说吧。"伍妈说完，电话挂掉了。

优诺三下两下穿好衣服，胡乱收拾了一下就往七七家赶去。到七七家的时候发现门开着，客厅里都是人，麦子在，林涣之在，伍妈也在。七七和他们对峙着，左手握着一个小刀片，眼睛里像要喷出火来。

"七七！"麦子向前一步说，"有什么事好好说，不要这样子伤害自己。"

七七扬起左手的刀片一边往楼梯上退，一面尖声叫："你们谁也不许过来，谁过来我就让他好看！"说完，已经是手起刀落，刀片在裸露的右手腕上毅然决然地划出一道大血口来。

“七七！”林涣之欲冲上前。

“不许过来！”七七闭着眼睛又是一刀。林涣之吓得不敢再往前了，只好用请求的口气说：“好好，我不过来，你先放下刀。”

“就不就不就不！”七七已近疯狂，她摇着头大叫，右手腕上的鲜血已经滴到了地板上。

优诺见状，连忙一把拉开小麦和林涣之，冲着七七大喊说：“七七，你想死对不对？”

一定是受伤的手疼得厉害，七七的脸变得扭曲和不安。她喘着气说：“优诺你不要过来，这是我自己的事情，你不要管！”

“要死还不容易？”优诺说，“你那小刀片只能吓吓人！”说完，她快步走到餐厅的中间，拿起水果盘里那把尖尖的水果刀往七七面前走去，一面走一面说：“来来来，用这把，这把刀才可以一刀致命！”

七七吓得直往楼梯上退。

优诺却一直跟上：“来吧，有勇气就用这把刀，往身子里一捅，一了百了！”

七七腿一软，坐到了楼梯上。优诺抢过她手里的刀片，连同自己手里的水果刀一起往楼下一扔，大声呵斥底下三个吓呆了的人说：“还不快来？”

麦子第一个反应过来，她拿着急救箱冲上来，给七七包扎伤口。

优诺把七七的头抱在怀里，听着她像小兽一样的呜咽声，安慰她说：“乖，没事了，过去了，没事了。”

他们和伍妈一起，合力把七七扶回了房间，麦子给七七打了一针镇定剂，她没抗拒，抿紧唇，慢慢睡着，头歪到一边。淡紫色的头发掩盖她苍白的脸。

“到底怎么回事？”优诺问麦子。

“昨晚七七爸爸有应酬，回到家里已经快到早上六点了。七七也一夜没睡，还在玩网络游戏，父女俩就这样发生了争执，我赶来的时候，已经这样了。”

“都是秀逗的。”伍妈随便扯起七七床边的一件衣服抹起眼泪来，“好好的日子不过，都是秀逗的。”

“好了，我们出去吧。让她睡会儿，醒来就应该没事了。”麦子招呼她们出去。优诺下楼，看到林涣之，他坐在沙发里，极度疲惫的样子。

“没事了。”麦子走到他身后，把手放在他肩上。

“谢谢你。”林涣之抬头对优诺说，“这么早麻烦你跑一趟，真是对不住。”

“没事。”优诺说，“我是七七的朋友，这是我应该做的。不过我还是觉得，以后这样的事情少发生为好。”

“我已经很容忍她。”林涣之说，“是她一日比一日过分。”

“什么叫过分？”优诺激动起来，“你到底都给过她一些什么？你的金钱，你的同情心，还是你的冷漠，你的不理解？！”

“优诺。”麦子制止她说，“你这样讲不公平。你也知道，医生诊断七七是轻度抑郁。”

“我才不管什么抑郁不抑郁！”优诺说，“我只是一个家庭教师，也许不该管这么多，但是我重申，七七，她是我的朋友，你们把所有的错都加在她的身上，从不反省自己，那才叫不公平！”

说到这里，优诺的手机响了，是苏诚，他在那边着急地喊：“你怎么还没到车站，还有二十分钟要开车啦。”

“哎呀，对不起。”优诺拍拍脑门说，“早上有点事情，你等我，我这就赶过去，应该来得及。”

“有事吗？”林涣之一听，连忙站起身来说，“我用车送你。”

“我今天要去苏州。”优诺说，“不过不用你送了，你也一夜没休息，我还是自己打车放心一些。”

“我送吧。”麦子说，“我也开车来的。”

“我送。”林涣之的口气不容拒绝。他站起来走到门边，拉开门，回头对优诺说：“走吧。”

林涣之将车开得快速而平稳。车上，两人好长时间无话，终于还是优诺说：“对不起，林先生，我想我刚才太造次了，但是，我是真的心疼七七。”

“我明白。”林涣之说，“你的话有道理。”

“你们一定要好好沟通。”优诺说，“你要抽时间多陪她。”

“你学什么专业？”林涣之换话题。

“中文。”优诺说。

“哦。”林涣之说，“今天多亏了你。要知道，很多时候，我对她都毫无办法，一想起来就头疼。”

他说完，叹息。

优诺第一次听见一个中年男人的叹息，它绵长尖锐，携带着极具穿透力的寂寞和无奈，令优诺的心百转千回。

“就在这里下吧。”林涣之说，“那边不好停车，祝你旅途愉快。”

优诺下了车，却临时改变了主意。她把头探进车窗对林涣之说：“你到前面好停的地方等我一下，我跟朋友打个招呼就回来。”

“怎么？”林涣之不明白。

“旅行什么时候去都可以。”优诺说，“可是，我想七七现在需要我。”

“好。”林涣之点头，迅速把车开走。

优诺赶到检票口的时候，苏诚已经急得冒火，他把优诺的头一打说：“想放你老公鸽子啊，这么半天不来！”

“嘿嘿。”优诺笑着，“不是说有急事嘛。”

“快走吧。”苏诚说，“再晚车要开走了。”

“苏诚你听我说。”优诺环住苏诚，抬起头来看着他说，“原谅我今天不能跟你去苏州，七七她临时出了点状况，我必须留下来陪她。”

“这算什么？”苏诚说，“我昨晚已经打电话给我爸爸妈妈，他们已经做好迎接你的一切准备。”

“对不起对不起。”优诺说，“等到七七没事，我一定去苏州找你，好不好？”

“不好。”苏诚拉住优诺，“你现在就跟我走。”

“苏诚！”

“难道我还没有那个七七重要？”

“不一样的嘛。”优诺说，“苏诚坏，不讲道理。”

广播里一遍一遍地在催促：“乘坐 T711次列车的旅客请赶快上

车，乘坐 T711次列车的旅客请赶快上车……”

苏诚终于拎着包，头也不回地进站去了。

优诺带着满腹的心事出站，好不容易才在广场外找到林涣之。他趴在方向盘上，好像是睡着了，优诺不知道该不该叫醒他的时候，他却突然把头抬起来，替优诺把门打开说：“事情办完了？”

“嗯。”优诺答，“我们回去吧，不知道七七醒了没。”

刚上车，手机里就传来苏诚的短信：“我很失望，也很心痛。”

优诺回：“对不起。”

回完后，把手机关掉了。

她把头别向窗外，有想哭的冲动，但是最终忍住了。

而林涣之最大的优点，就是话少，这反而让优诺觉得安心，索性在他的车上闭目养神起来。

回到七七的家里，七七还在沉睡。优诺一直守在七七的床边，读一本《德伯家的苔丝》。这是林涣之买给七七的书，他给了七七很多很多的东西，是很多别的女生梦寐以求的，可是七七一丁点儿也不稀罕，更未因此而感到快乐。由此可见，快乐是多么不容易的一件事情。

这期间伍妈进来一次，递给优诺一份丰盛的早餐和一个厚厚的信封。

“这是什么？”优诺咬着面包问。

“林先生给你的报酬。”

“你让他收起来。”优诺低声说，“别把我逼走。”

“好，我跟他说。”伍妈爽快地把钱收起来说，“我早就说，这个世界上有很多东西是钱买不到的，优诺小姐，你跟很多人不一样，以后一定有出息。”

“谢谢伍妈。”优诺宠辱不惊地答。

午后，七七终于醒来，她睁眼看到优诺，脸上闪过一丝惊喜，然后说了一个字。

她说：“痛。”

“会好的。”优诺摸摸她的脸说，“下次别这么傻，乖。”

七七抚摸着左手腕被包扎好的伤口，近乎耳语地说：“你知不知道，心里很痛很痛，痛到受不了的时候，只有这样，疼痛才可以被转移。”

优诺的心被七七说得剧烈地疼痛起来，她握住七七受伤的手说：“笨丫头，你要记住，无论如何，都不要再伤害自己。”

“对了，你今天不是要去苏州的吗？”七七忽然想起来。

“我想我不能在这时候离开你。”优诺说，“你说是不是呢？”

七七的泪流下来，然后她说：“我想见 Sam。”

“那个心理医生？”优诺说，“行。我替你电他。”

“他一直劝我去旅行。”

“那我们就去。”优诺下定决心说，“要不，一起去看暴暴蓝怎么样？”

“好主意呢。”七七的脸上终于露出笑意。可是她很快又担心地说，“我怕他们会不同意我出门。”

“我去跟他们说，”优诺说，“我们一块儿，他应该放心的。”

“不带你的帅哥。”七七得寸进尺。

“不带，可是你要听话。”优诺说，“不可以再胡闹。”

“我不胡闹。”七七躺下去，“我只是很累，我想再睡会儿可以吗？”

“好。”优诺说，“我这就帮你请假去，顺便让伍妈送点吃的给你。”

“优诺。”七七一把拉住她说，“优诺，谢谢你没走。”

优诺拍拍她的脸颊，下楼来告诉伍妈七七醒了要她送点吃的上去。伍妈好像哭过了，眼睛红红的。她拉着优诺诉苦说：“你说怎么是好？好好的一个孩子，谁可以救得了她呢？我一想着，这里就疼！”

伍妈一面说一面拍着自己的胸口。

“伍妈你放心，”优诺安慰她说，“我们会帮她。对了，林先生睡了吗？”

“没睡，在书房。”

优诺说：“好，我去看看他。”

书房的门开着，优诺还是礼貌性地敲了敲，但没人应答。等走进去，才发现林涣之靠在椅子上睡着了，阳光照着他的鬓角，已经有些花白。这个在事业上呼风唤雨的男人，却怎么也搞不定他十几岁的小女儿。他们之间宛若有一场旷日持久的战争，无论最后谁输谁赢，彼此都只能拥有一个千疮百孔的过去和将来。

他的外套落在地上，优诺把它拾起来，盖到他的身上。这时，她又听到了他的叹息声，那叹息和早上的那一声如出一辙，令优诺不知所措地心动。她刚要走开，林涣之却一把拉住她的手说：“陪我坐坐吧。”

CHAPTER 10

飞翔的速度

坠落的时候

我该用什么样的姿势

才可以显得优美 从容

终于终于

我飞了

而你还留在原地

想你想我的目光

会不会因此而格外地温柔呢

凌晨两点，我醒了。

手腕微酸的疼痛提醒我昨天发生的一切。我坐起来，扭亮台灯，拆开纱布，审视我自己的伤口。

这是我自己给自己留下的伤口，两道。如两条粉红色的丑陋的虫，盘踞着。我很奇怪它怎么会是粉红色的，它可以是黑色、紫色，甚至蓝色，但绝不应该是粉红色。我还记得麦子给我包扎的时候说的那句假惺惺的话：“还好，伤得不算太深。”

白痴都知道，我要是死了，她才会快活。

也许是混乱了一天，伍妈走的时候没记得替我关窗户。夏风吹起窗帘，也许是体内怕冷的因子又发作，这么热的天，竟会觉得有丝丝的寒意。我下床，出了门，来到林涣之的房间。他的房间从来不上锁，我一推就开了。我想起很多很多年以前的一个夜晚，我第一次把他的门推开，他从床上坐起来说：“哦，七七，你是不是怕？”

“不是。”我说，“老师说我们班有个小朋友得了白血病，要大家捐款。”

第二天，他拉着我的手去学校捐款，他给的是支票，上面写的是一万元。那时候的我不知道一万到底是一个多么大的数字，但我可以完美无缺地读懂老师和同学眼光里的羡慕和谄媚。

“叶小寂家在瑞士银行都有存款！”

“叶小寂是孤儿，但是她爸爸很疼她，她有一百条公主裙！”

“叶小寂本来没这么漂亮，她爸爸领养她后，带她去做过美容！”

“叶小寂从来不用做作业，听说她家有专门替她做作业的佣人！”

“叶小寂……”

……

很长的时间里，我在校园里是一个“传奇”。我在众人羡慕嫉妒的复杂眼光里长大，从不觉得自己有任何的改变，我依然是孤儿，美丽世界的孤儿。

有多少个夜晚，他永远不会知道，我都是这样轻轻地推开他的门，穿着我棉布的睡裙，轻轻地在他的床边坐下来。也许是白天太累了，他永远都睡得那么香，那么沉。他看不到也读不懂一个女孩在夜晚的恐惧。我就这样整夜不睡，在他的床边坐到快天亮，再起身离开。

今夜，他的窗也没有关，月光照着他的脸，我看到他的鬓角已经有白发。床头柜上是他一年四季也离不了的胃药。和小时候一模一样，我抱着双膝，在他床边微凉的木地板上坐下来，我不明白自己内心的恨，无数次地试图离开后，我依然不明白。

想起优诺曾经抱着我的头说："七七，他很爱你，你也很爱他，你们要停止这样的互相折磨。"

噢。优诺。

她是那样一个冰雪聪明的女孩，她让我温暖。她握着我的手带我去看心理医生。第一次，我终于敢走近一个陌生人，想让他告诉我，我心里究竟渴望的是什么。

那个医生很年轻，是个男的。他说："七七，呵呵，你叫七七，这真是个不错的名字。好吧，我们首先来说说你的名字，你喜欢你的名字吗？"

"无所谓。"我说。

"那么说说你有所谓的。"他拿着病历靠近我。

"没有。"我说。

"我们做个游戏如何？"他放下那该死的病历，递给我一张图片，"认真看，告诉我你看到的是什么？"

图片上是两座呆头呆脑的大山。我把他拿着图片的手一把推开说："给我看这个？当我是白痴？"

他并不生气，而是说："再仔细看看。"

我再看，两座山变成了两张面对面的人脸。

"再仔细看。"他说。

这回我看到的是长流的细水和几条通向远方的绵延的路。

"这说明，你第一次看到的，不一定是一成不变的东西。"他把图片收起来说，"很多时候，你的眼睛会欺骗你，你必须用你的大脑去认真地思考，才可以看到事实的真相。"

“如果我压根就不想了解真相呢？”我问他。

“那你就会被心里的疑惑压得喘不过气来。”他摊开双手说，“随你选择。”

“你叫什么？”我问他。

“Sam。”他朝我伸手说，“七七，很高兴和你做朋友。”

“你的发型很土啊。”我说。

“明天我买发型杂志，回头你帮我参考参考？”他朝我眨眼。

第二次见他，他真的递给我发型杂志，封面上那小子一头黄毛，长得鬼头鬼脑。“怎么样？”他指着杂志问我，“我弄成这样你说够不够酷？”

我把杂志扔到一边笑到断气。他很耐心地听我笑完，然后说：“七七，其实你不用看医生，你很好，就像今天这样，面色红润，笑声朗朗，定能长命百岁。”

“可是，”我不由自主敞开心扉，“我常常控制不了自己。心里永远有两个我在打架，谁输谁赢我做不得主。”

“我会帮你。”他在我面前坐下说，“现在起，你再也不用恐惧。”

就这样，我和Sam一周见两次，聊很随意的话题。在他面前，我很放松，一个下午过得飞快。有时候我说很多很多的话，我从来不知道自己原来这么能讲，在他面前，我的话如滔滔江水连绵不绝，就像我在论坛上、在QQ上同时和十几个人聊天一样的酣畅淋漓。他很耐心地听，偶尔插嘴，脸上是很自然的微笑。

也有时候，我一句话也不说，他也不逼我，让我听歌。

他的办公室里永远有音乐，我说我喜欢张国荣，他就给我放张国荣，放他的《红》，放他的《沉默是金》，放他的《风继续吹》……

如果我听到掉眼泪，他会递给我面巾纸，然后不动声色地说："我不反对你哭，眼泪有时候可以替心找到最好的出口。"

我是在张国荣死后才真正地听懂他的歌的。在那以前，我不仅不听他的歌，而且讨厌他。改变是很容易的一件事，我对 Sam 说，我其实不只一次地想过要去死，但是我怕痛，不知道张国荣的勇气到底来自何方，那种临死前绝烈的飞翔，真是充满诱惑。

"那么，" Sam 说，"你可以选择去蹦极。"

他真是一个智慧的人，我觉得对他而言，没有什么事情是艰难的。转一个方向，一切便海阔天空。

我羡慕他，因为我做不到。

"我其实一直是个胆小的人，我连一场雨都怕。"我嘲笑自己。

"你怕的是直面这里。" Sam 指着我的胸口说，"完美也好，平凡也罢，喜欢也好，恨也罢，漠视也好，在乎也罢，关键是敢于面对。"

"你到底想说什么？"我问他。

"你可以告诉你父亲，你需要他的爱。你可以在那些躲在他房间的夜晚喊醒他，告诉他你怕，告诉他你需要陪伴，从七岁的那一天起，你就可以这么做！要知道这并不丢脸。"

要知道这并不丢脸。Sam 说这话的时候，眼神清澈透明，让我无法怀疑。

我转过头，看着躺在床上的林涣之，听着他均匀的呼吸。我绝望地想，我已经错过了可以表达的那些时间，我早就不是七岁，我已经十七岁，在这整整十年的时间里，堆积起来的爱恨早就是一座冰山，谁可以将其融化？谁又可以来原谅我们错误的、伤痕累累的曾经？

我起身离开，回到自己的房间。

开机，上网。

这个时候，“小妖的金色城堡”是一座空城，很长时间了，我找不到暴暴蓝的文字，于是只好去读她以前的旧作。她的每一个字都给我安慰，但是我费尽全力也猜不到，她替我写的小说，究竟会是什么样的结局？

会不会是我想要的结局。

第二天清晨，优诺就来了。她穿着很卡通的运动服，头发扎成马尾，对我说：“七七，空气新鲜，我们出去跑步，如何？”

“跑不动。”我说。

“你又一夜没睡？”她生气地说，“你有黑眼圈。”

“我可以到 Sam 那里睡觉。”我说，“放上张国荣的歌，三秒钟进入状态。”

“睡觉也要花钱的。”优诺气结，“早知道这样，我改行做心理医生多好。”

“你何时带我去找暴暴蓝玩？”我问她。

“我跟你爸爸商量好了，也征求了 Sam 的意见，等你手上的伤好了，就可以出发。”

“嘿。”我说，“不骗我？”

“当然不。”优诺说，“你别告诉暴暴蓝，这样一来，我们可以给她一个惊喜。”

我笑。

“下去吃点早餐？”优诺说。

“不，我不饿。”

“你爸爸在下面呢。”优诺拉我说，“走吧走吧，让他看看你今天气色有多好！”

“不去不去！”我甩开她。

“怎么了？”优诺说，“你总要面对他的。”

“至少现在我不想。”我别开头。

“那好吧。”优诺拍拍我说，“那我下去陪他吃早餐了，等到你愿意下来的时候，自己下来找我。”

“优诺！”我喊她。

她不理我，开门走掉了。我听到她下楼时欢快的脚步声。我永远都不可能有那么欢快的脚步。在这个家里，我常常感觉自己像一只猫，脚步诡秘，昼伏夜出，稍有动静，就惊慌逃走。

优诺走后，我跑去玩了一会 RO（《仙境传说》），我在里面已经是八十七级的魔法师，所向披靡。这是我比较偏爱的一款网络游戏，其实我最喜欢的是魔幻城外的鲜花，一朵蓝一朵红一朵黄，艳到让你窒息。

优诺终于又上来，靠在门边对我说：“他走了。”

“知道。”我说。

我的耳朵特别灵敏，他汽车的来去我从来都听得清晰。

“你把电脑关了，我带你去做头发。”优诺说。

“是他下的命令吗？”我一边打游戏一边头也不回地说，“怪了，你怎么现在什么都听他的？”

优诺不说话，她走上前来，强行关掉了我的电脑。

“喂！”我说，“你别过分哦！”

“我就这么过分。”她抱着双臂，笑笑地看着我说，“死七七，你现在不跟我出去，我以后就再也不会管你，也不带你去找暴暴蓝玩。”

“你赖皮！”

“跟你学的。”她说。

我无可奈何地跟着她进了理发店。我刚坐下，那个小姐就说：“是啊，淡紫色不好看，现在流行金黄色，在黑发上染上一缕金黄，特酷！”

“NND！”我骂她，“你三天前还说淡紫最流行！你脑子坏了还是进水了？”

她吓得不敢吱声。

“就黑色吧。”优诺说，“还是黑色最好看。”

小姐看着我，意思是要征询我的意见。我不耐烦地说：“好吧，听我老大的，她说什么是什么啦。”

优诺笑道：“漂漂亮亮地去见暴暴蓝不好吗？”

“切！”我说，“又不是相亲！”

“你的手怎么受伤了？”小姐多嘴多舌。

“自己割的。”我说。

“不疼啊？”她咂嘴。

我凶巴巴地喊：“在我没割你的之前，你最好快点把我头发弄好！”

小姐只好回头对优诺诉苦：“你妹妹就像黑社会。”

优诺笑道：“你说得没错，你没听见她刚才叫我老大吗？你快弄吧，小心我们拆了你的店！”

“你不像！”小姐看着她，认真地说。

“哈哈哈哈哈！”这回轮到我笑得前仰后合。有时候优诺幽默起来，也是要人命的。

做完头发，和优诺简单地吃了个午饭。下午两点左右，我已经在 Sam 的办公室。他倒杯冰水给我，问我：“今天心情好些啦？”

“无所谓。”我和他异口同声。

“知道还问？”我不讲道理。

他哈哈笑。笑完后在我对面坐下，说：“说吧，为什么又跟爸爸吵？”

我握着冰水，靠在沙发上，慢慢回忆。

他回家的时候，是清晨六点。我那时正在玩一个刚公测的网络游戏，那游戏很变态，一个晚上也升不了两级。然后我听到他开车回来的声音，再听到他上楼的声音。我飞快地跑过去，开了我房间的门，在他经过的时候问他：“你累还是不累啊？”

他朝我屋里看了看，看到我闪烁的电脑屏，也问：“你累还是不累啊？”

“我十七岁。”我说，“你今年多大了？你还记得不？”

“七七。”他并不理会我的讥讽，而是吃惊地看着我说，“你的头发怎么又变成了这个样子了？”

是啊，三天前，我把头发染成了紫色。发廊里那个小姐说，这是现在最流行的色彩。

“三天前它就是这个样子了。”我冷冷地说，“早就是过时的新闻了，你那么激动干什么？”

“走！”他过来拖我，“现在就去把它给染成黑色，全黑，你这种乱七八糟的样子简直让人忍无可忍！”

“忍无可忍你也得忍！”我一把推开他，“你看看表，现在六点钟，你以为理发店是酒吧，整天整夜都开着？”

“你等着。”他指着我，“我今天不把你的头发变回黑色，我就不姓林！”

然后，他噔噔噔地下楼去了，我听到他打电话给麦子。我真弄不明白，他这么一个大男人，一有什么事情搞不定的时候就打电话给麦子，好像麦子是他的私人保姆。我带着一种挑衅的心情走到楼下，在他挂了电话以后说：“其实，你真的可以把她娶回家的，她会是一个好老婆，也可以管教着你一点。”

“你给我闭嘴！”他呵斥我。

“我就不。”我说，“嘴巴长在我身上，我想说就说想不说就不说，你是不是怕我说出什么不好听的来呢？不过你放心，你养了我这么多年，我会给你留点面子的，我怎么也不会告诉麦子或者别的人你是如何的夜不归宿花天酒地……”

我的话没说完，他把烟灰缸砸到了地上，砸得粉碎。

水晶的碎片如细碎的尘，从地板上扬起，坠落，再扬起……

就在这时候，伍妈进来了。对于这样的场景，她早就见惯不惊，连忙放下手里的菜跑过来收拾。林涣之吩咐她说：“去，你去给我拿把剪刀来。”

“做什么？”伍妈惊讶地抬头。

“让你拿就拿！”他怒吼。

“七七，你是不是又气你爸爸了！”伍妈冲上前来把我往楼上推，“你快到楼上去，快去，等我把这里收拾好了你再下来！”

“你别管我！我愿意在这儿待着！”我推开伍妈。就在我和伍妈对峙的时候，林涣之已经自己跑到书房里取出了一把大剪子，一直走上前：“你给我过来！理发店没开门，我来替你把头发剪掉！”

“先生！”伍妈又过去拦他，“别这样，剪子很危险的，给我给我！”伍妈终于成功地抢到了剪子，拿着它跑到书房里去了。我看着林涣之，他气得脸都绿了，其实我那时候倒真的不是很生气，于是我懒懒地说：“你剪了我的头发又怎么样呢？剃成光头了它还是要长，长了后我还可以染成任何我喜欢的颜色，你管得了一时，管得了我一辈子吗？”

他站在那里，摇摇晃晃。然后，他咬牙切齿地说：“一辈子还长，话不要说那么早，管不管得了咱们走着瞧！”

“您老不会是打算要送我进少管所吧？”我冷笑着问。

他不再理我，而是坐到沙发上抽烟。烟灰缸没有了，他扬声叫伍妈。伍妈慌慌张张地从书房里跑出来，后来我才知道她躲在里面给优诺打电话。我真的不知道，那一天，要是优诺不来，到底会是什么样的一个结果。

“刀片是怎么回事？”Sam说，“你怎么会把刀片握在手里？”

我说：“我一直没走，一直站在那里看他抽烟。其实我当时心里在想，我看你有什么鬼花样可以玩。我说什么也要陪他玩到底！没过多久麦子就来了，她一进来，林涣之就问她人找好了没有。”

麦子看看他，再看看我，说：“你们呀，大清早哪有那么多气怄？”

“我问你人找到没有！”他吼麦子。

“要找也要上班时间啊！”麦子说，“现在才几点钟，没一家店开门。”

我当下就明白，他是让麦子找人来替我弄头发了，我立刻哈哈大笑起来，眼泪都快要笑出来了，我觉得世界上没有比这更好笑的事情，为了我头发的颜色，他居然可以这样兴师动众。

“开个理发店吧。”我笑完建议说，“你瞧这房子大得可以，你可以在一楼开个理发店，随时供你使用。当然开酒吧也行，对你来讲也比较实用哦。”

我终于成功地激怒了他，这么多年，我就这一次赢了。他拿起桌上的一把杂志，把它卷起来要揍我。杂志打在我身上，其实一点儿也不疼。不过我还是习惯性地躲，就在这时候，我看到了一楼楼梯堆杂物的地方放着的一个小刀片，那是伍妈清洁地板的时候用的，我爱吃口香糖，吃了就乱吐，那些东西必须要用刀片才可以刮掉。

我走过去，迅速把刀片拿到了手里。

他吓了一跳。脸色灰白极了。

“然后你就把刀割向了自己的手腕？”Sam 问。

“是的。”我说。

“可是，七七，你觉得你真的赢了吗？”

“不。”我的眼泪流下来，“不不不。”

Sam 残忍地替我分析：“七七你听我说，这些年你一直生活在自己营造的阴影里，你认为如果没有他，你会活得更好，但其实，你又离不开他的庇护，这是一个你一直不愿意承认的事实，对不对？”

我拼命地摇头，泪水飞溅。

“就是的！”Sam 提高声音说，“他是你生命中最最重要的人，你最怕的就是失去他。命运既然安排你们生活在一起，那就要心安理得地与他相知相融。”

“他并不在乎我。”我说。

“你怎知他不在乎你？因为他的夜不归家？”Sam 说，“可是七七，他有他的责任，但你也不能全怪他，如果你从来不说出你的需要，他怎么会知道你的需要呢？”

“我好困，Sam。”我全线崩溃，“我不想再说下去。”

“那就睡一觉吧。”Sam 替我拿来一张彩色的毛毯说，“我把空调温度调低一些。”

“对了。”眼睛快闭上的时候，我忽然想起来问他，“在你这里睡觉是不是也要收钱？”

他想了一想，笑着对我说：“你心疼他的钱？”

“钱是最无用的东西。”我说。说完我很快就入睡了。我竟然梦到暴暴蓝，她穿着一件很卡通的睡衣，拿着一本书翻到最后一页对我说：“瞧，七七，这就是你的命运。”

说完，她转身离开。

我一路追去。烟雾茫茫，她很快不知去向。

我醒来，有人握着我的手，是优诺。她说：“七七你醒了？我听到你在喊暴暴蓝。”

“结局……”我喃喃地说。

“什么结局？”

“暴暴蓝要给我的结局，我没能看清楚。”

“呵呵，都像你这样，她出书了想卖不火都难！”优诺起身，把灯扭亮了，对我说，“Sam有事先走了，我五点钟来接你的。看你睡得很香，于是没叫醒你。”

“现在几点？”

“七点。”

天，我竟然睡了这么久。

我支撑着要坐起来。优诺从包里拿出一样东西递给我说：“瞧我今天下午买了什么好东西给你！”

是一只漂亮的手镯，我好喜欢。

“路过饰品店的时候看到的，我买了两只一模一样的，你一只，暴暴蓝一只。”优诺说，“这镯子宽，戴上它，别人看不到你的伤口。”

我接过来：“优诺，暴暴蓝说得一点儿没错，你就是一个天使。”

“嘿嘿。”她夸张地转过身，“有没有看到我的翅膀？”

"有。"我说，"金色的哪。"

"走吧！"她伸手拖我，"我们该回去啦。"

我跟随优诺出来，在医院的门口，一辆车缓缓地驶近，在我们面前停下。

是林涣之。他又换了新车，真是有钱。

"坐啊。"优诺把前面的门拉开，招呼我。

我还是自己拉开了后面的门，坐了进去。优诺有点无奈地把前门关上，也进了后门坐到我身边。

"饿不饿？"林涣之问。

"'圣地亚'。"我说。

按我以前的经验，他一定会答应我。谁知道今天他却说不，他说："不，我们回家吃，伍妈烧了我爱吃的猪蹄。"

瞧，像没事一样。

这场战争又算是结束了。我看着手腕上的纱布，失败地想，我哪里赢了呢，输的不知道有多彻底。

优诺捏住我放在膝上的手，她的手温暖，给人安慰。

车子到家门口，优诺跳下车对我们说："我不进去啦，还有事情要办呢。"

"哦。"林涣之又往车里钻，说："那我送你。"

"不用啦，你和七七快吃饭吧，我约了朋友，就在附近，步行过去也不远。"

说完，她翩然远去。

我和林涣之进了屋，伍妈已经下班，饭菜放在桌上，果然有猪蹄。我很饿，于是自己盛了一碗饭先吃起来。他也坐到桌边，对我说:“去，给我拿个大碗来盛饭，我饿了。”

“你自己没手吗？”我扒着饭问。

他拿眼睛瞪我。

得得得，吃人嘴软，我只好进了厨房，拿了个斗大的碗给他。

我们很久没有这样两个人一起吃晚饭。他开始跟我说复学的事，说这不许那不许，像个老太婆一样的啰里啰唆。我听着，不回嘴，我知道如果回嘴，必又是一场战争。我才恢复了一点儿精神，要再来一场的话是需要重新充电的，现在还不是时候。

“这样好。”他看着我，忽然说。

“什么好？”我不明白。

“我说你的头发。”他说，“女孩子这样才可爱。”

他极少夸我，我本能地跳起来，说:“我吃饱了，我要上楼去了。”

“女孩子这样才可爱。”好像平生第一次听到他夸我，是什么让他改变？我有些弄不明白。

夜冷清。和往常一样，陪伴我的只有一台电脑。论坛上有暴暴蓝的帖：这周搞不定俺就自杀。看来要当作家不容易，她正在忍受煎熬。

我没有跟帖，没有告诉她我要去看她，就像优诺说的，这样子，可以给她一个惊喜。我想象着见到暴暴蓝时候的样子，像我这样的人，不知道会不会傻到说不出话来。我把优诺送我的手镯拿出来，戴到受伤的右手腕，想起她温柔地对我说:“这样，别人看不出你的伤口。”

我心里有细细的东西在流动，她是那么细心的一个好姑娘，不嫌弃我，给我安慰。

我忍不住给她发短信："你在哪里呢？"

她没有回，可能是没听见。我只好打电话过去，我听到那边嘈杂的声音，她用欢快的声音对我说："七七呀，来了几个老同学，在清妹这里玩呢。"

我等着她邀请我，但是她没有，她只是说："七七累了就早点睡，不要玩电脑到那么晚哦。"她忘了我睡了差不多有一下午。

我倒到床上，睡不着。

暴暴蓝有她的事业，优诺有她的世界，只有我，一无所有。

恍恍惚惚，好像听到林涣之出去的声音，又好像不是。我在床上辗转了一个小时，终于决定出门。林涣之房间的灯开着，我吃不准他在不在家，于是偷偷地拿上我的背包，蹑手蹑脚地下了楼，开了门，打了车，直奔"大学城"。

怕优诺看到我，我从后门进，后门是我上洗手间时无意发现的。门锁着，我便从窗户里爬了进去，穿过一个小小的走道，就到了热闹喧哗的大厅。其实我从窗户一跳进去就听到了优诺的歌声，她在唱一首我从来都没有听过的歌：

当太阳照亮心上
温暖了每个梦想
总会想起凝视我的那片云
是不是路正远，是不是会改变
我的心一如从前

当灯火渐渐熄灭
忍不住多看一眼
那条最初到最后的地平线
带我走过旷野，带我走出黑夜
给我爱，给我思念

记得我们有约，约在风雪另一边
所有的心都睡着，还有我们迎向蓝天
记得我们有约，约在日出那一天
就在誓言的终点，以爱相见
……

我敢说，我从来没有听过那么美丽的歌声，从来没有见过那么无与伦比的迷人笑容。她唱完，在热烈的掌声中从台上跳下来。我准备悄悄走过去蒙住她的眼睛，用她的话来说，给她一个惊喜。

但是我的脚步却在瞬间停住了。我看到优诺在一个靠窗的位子坐了下来，坐在她对面的人，是林涣之。

林涣之在笑，我从来没有见过的温柔的放松的笑容。

然后，他们碰杯。

我的眼睛忽然有点湿，优诺真的是个天使，我看到她金色的翅膀，在酒吧迷离的灯光下不停地招摇。

而我，注定被锁在原点，今生今世永远无法飞翔。

CHAPTER 11

流离

我唱一首你没唱过的歌

去一个你没去过的地方

在一个你早已忘记的日子

我璀璨的青春　在你的掌心颠沛流离

可我不会忍心责备你

我的爱人

虽然我真的知道啊

知道这是我们最后的一季

“我已经错过了暑假市场，绝不能再错过‘十一’市场！”黄乐在陶课的家里走来走去，冲着暴暴蓝大喊说，“你再把稿子这样不停地改过来改过去，我就要被你弄疯了！”

“当初是你说要改的！”暴暴蓝咬着手指说，“谁知道一改就成这样子了。”

“我的姑奶奶！”黄乐说，“机会就这么一次，错过了就不会再来，你是要还是不要！”

“你喊什么喊！”暴暴蓝不高兴地说，“喊就能把稿子喊出来了吗？我告诉你我现在没情绪，写不好！你爱等就等，不等拉倒！”

黄乐颓然地坐到椅子上，说：“好吧，我最多再给你一个月的时间。过了这一个月，你不放弃我放弃。”

暴暴蓝下逐客令：“那你现在走，我要一个人待着，好好想想。”

黄乐叹口气，拉开门走了。

家里恢复了宁静。

这是陶课的家，他不在，去了广州的图书订货会。暴暴蓝已经记不清自己在这里到底住了多少天，每次说起租房子的事情，陶课总是微笑着说："找房子跟相亲差不多，要寻到合适的不容易。我这里没关系啦，你爱住多久住多久。你又不爱出去，就当我请了个保安看门嘛。"

"你不用同情我。"暴暴蓝声音硬硬地说，"我的日子，总还是要自己过的。"

"等你交稿后吧。"陶课说，"这些天，我刚好出差，你要是不愿意做饭，我让黄乐来给你送盒饭。"

"你就不怕投资失败？"暴暴蓝说，"我也许永远也写不出一个好看的字了。"

"我有信心。"陶课认真地说，"你也不许对自己失去信心。"

尽管陶课从来都没有把她当客人，但暴暴蓝心里清楚，自己在他家里，只是一个过客。这样的骚扰，迟早会有个结束。本来在陶课家住了三天后，暴暴蓝是想回家的，那天陶课用车送她到楼下。拍拍她的肩跟她说再见，要她好好的。暴暴蓝强作欢颜说：好啊好啊我一定。这时天已经很热了，暴暴蓝说完就抱着装了五万块钱的背包慢慢地往楼上走，到了门口，才发现门打不开了，换了新锁。

她立即掏出手机给陶课打电话："麻烦帮我弄把斧头来！"

"弄斧头做什么？"陶课不明白。

"我要砸门。"暴暴蓝说，"门换了锁，我进不去。"

陶课很快就回来了，他没有带斧头，而是看着坐在门边的暴暴蓝说："你确定门打不开？"

暴暴蓝肯定地点头。

“一定要进去吗？”

暴暴蓝更肯定地点头。

“那你让开一点。”陶课说。

暴暴蓝让开了，陶课一脚就踹开了门。这房子太老了，就是换了新锁也不过是狐假虎威。暴暴蓝进去，一看到屋里的场景，就气得双腿发软差点晕过去。不过三天而已，家里大大小小的东西差不多已经被搬空，四周一片狼藉，只有她那台小小的电脑，大约是大家都知道那是她的宝贝，没人敢动，委委屈屈地被放在墙角。

旧衣橱也还在，暴暴蓝为数不多的衣服凌乱地塞在里面。

这三天，妈妈曾打过她两次手机，看她没接，也就算了。除此之外，没有人找过她。因为他们要忙着处理这里，因为谁都知道，找回她，就等于找回一个大麻烦。

看来，房子是已经卖掉了。

暴暴蓝抱着心爱的电脑，在墙角慢慢地蹲下来。

“这是你的家吗？”陶课说，“怎么会是这样子？”

“这是我和奶奶的家。”暴暴蓝悲伤地说，“奶奶死了，我再也没有家了。”

“蓝蓝。”陶课在她面前蹲下来说，“你要振作一点，要相信，不管什么样的灾难，都会过去的。”

暴暴蓝惊讶地抬头，说：“你叫我什么？”

“走吧，蓝蓝。”陶课伸手拖她，“你先跟我回家，一切慢慢来，好不好？”

暴暴蓝不耐烦地挥着手说：“你快去吧你快去吧不用管我，我自己会有办法的。”

“我不会丢下你的，我们是朋友。”他坚决地说，“我怎么可以这样子丢下你走呢？”

暴暴蓝放开电脑，抓住陶课的手，呜呜地哭起来。陶课耐心地拍着她的背，像哄一个孩子。

就这样，陶课又把暴暴蓝带回了家，一起带回的，还有暴暴蓝最心爱的电脑和一些简单的衣物。他把电脑放到他朝北的小房间里，拍拍双手说：“这个小书房也不错啊，而且，我们可以共享宽带。我打网络游戏，你写你的小说，互不干扰。”

做图书发行是件很辛苦的事，陶课常常回来得很晚，有时候喝得很多，倒在沙发上就能睡着。暴暴蓝会倒上一杯水放在旁边，再帮他盖上毛巾被。第二天醒来，陶课已经又去上班了，毛巾被被叠得整整齐齐地放到沙发边上。茶几上有一张纸条，上面写两个字：谢谢。

陶课的房间，暴暴蓝从来都不去。

她的小房间里有个很舒适的小小的沙发床，有时候陶课回来得早，暴暴蓝穿着大汗衫坐在电脑前，陶课穿着大汗衫坐在沙发床上，两人便有一句没一句地聊天。暴暴蓝讲自己小时候的故事，从很小很小的时候说起，讲到妈妈大声地骂她说：“你不要跟着我，你再跟着我我就把你扔到河里去！”

陶课瞪大了眼，他不相信这个世界上有这么狠心的母亲，他内心清澈透明，真的像个孩子。

“我要尽早买回那房子。”暴暴蓝说，“等我有钱的那一天。”

陶课笑着纠正她："不，把那块地一起买下来，建别墅。"

"你可真敢想。"

"那是，我什么都敢想。"陶课说。

"想过找个美女谈恋爱吗？"暴暴蓝问。

"没有合适的。"陶课说，"我一直在等，你呢？"

"我注定孤独一生。"

陶课哈哈大笑，说："十八岁那会儿，我也老这么想来着。"

有时候，他们也没什么话可说，只是面对面喝一罐冰啤，或者，面对面抽一根烟。暴暴蓝吐出烟圈，有些自卑地问陶课："像我这样的坏孩子，你心底是不是很看不惯？"

陶课总是温和地说："不，蓝蓝，你挺可爱的。"

或者，他会更正经地说："你会成一个大作家，我不会看错，你是一个天才。"

暴暴蓝咧嘴笑，奶奶走后，她很少这样子笑。陶课看到她笑就说，好，嗯，好，就是要这样子才对。可是她真的对不起陶课，小说无论如何也写不好，一个结局来来回回改了十几次都差强人意。本来打算等陶课出差回来给他看崭新的情节，看样子，又要泡汤了。

就这么想着，门铃响了。暴暴蓝以为是黄乐落下了什么东西，便把门拉开，却发现门外站着的是一个中年妇女，看上去，有些眼熟的样子，但想不起来在哪里见过。

"你找谁？"暴暴蓝问。

"你是谁？"中年妇女问。

"我是暴暴蓝。"暴暴蓝说。

“我是陶课的妈妈。”妇女说，“你在这里做什么？”

“哎哎！”暴暴蓝连忙把她迎进来，原来不是在哪里见过，是她跟陶课长得有些像，所以看上去眼熟来着。

“阿姨你坐。”暴暴蓝赶紧说，“陶课他去广州出差了，过两天就会回来了。”

“我知道。”陶课妈妈说，“我每个月都来，替他收拾一下屋子。”

“哦。”暴暴蓝有些惭愧地看着四周，房间里真的是乱得可以，而且全都是她弄乱的。她从冰箱里取出冰块来，给陶课妈妈倒一杯冰水，除了冰啤，这是她在夏天里最喜欢的饮料。陶课妈妈说谢谢，但并没有喝，而是利索地收拾起房间来。她把好几个方便面的空盒子扔到垃圾袋里，问暴暴蓝说：“你天天就吃这个？”

“是啊。”暴暴蓝咬着手指说，“我不会做。”

“你家里人呢？”陶课妈妈奇怪地问。

暴暴蓝有些艰难地语无伦次地说：“陶课出差，我替他看家来着，不过呢，我很快就会搬了。”

烟灰缸里有很多的烟头。陶课妈妈有些狐疑地把它倒掉了。

出于礼貌，暴暴蓝继续解释说：“我是他们出版社的作者，因为赶一个稿子，所以借陶课的地盘用一用。”

“哦。”陶课妈妈说，“你看上去很小。”

“现在流行少年作家。”暴暴蓝悄悄把沙发上的烟收到裤子口袋里，没话找话地说，“不是说，成名要趁早嘛。”

暴暴蓝本想动手帮着陶课妈妈做事，可是她执意不肯，于是暴暴蓝只好回到小房间，坐到电脑面前装模作样地敲字，当然她根本就不知道自己应该写点什么。暴暴蓝是个敏感的女孩，外屋那个不停忙碌的女人，她能感觉到她对自己的怀疑和排斥。仿佛有一种强大的力量，让她不断地在羞愧和不安里徘徊。

等暴暴蓝再出去，客厅已经恢复干净和明亮。陶课妈妈把空调关掉，窗户打开说："每天记得要透一透气，人闷在空调房里容易生病的。"

"谢谢阿姨。"暴暴蓝说，"我记住了。"

"不要整天吃方便面。"陶课妈妈从她的小房间里收拾出一堆垃圾说，"我在锅里给你煨了点稀饭，要是实在不会做饭，楼下不远处就有家常菜馆，菜不是很贵的。"

"嗯。"暴暴蓝慌乱地应着，把头转了过去。她不能让人看见她眼睛里的泪水，这么多年了，就算是亲生母亲，也从来没有这么关切地跟自己说过话。

这种话带来的心酸，是让人招架不住的。

"那我走了。"陶课妈妈说完，轻轻地带上门离开了。

暴暴蓝的泪这才放肆地流了下来。她回到电脑前，打开优诺的网站。优诺最近也不知道在忙什么，网站很久都没有更新了，暴暴蓝的专栏还是在很明显的位置。点开来，专栏的首页是涂鸦的画，那个被一朵花遮住了半边脸的女孩。这是一张曾经被珍藏和爱惜的画，涂鸦犹豫了很久才放到网上去的。可如今，涂鸦已经彻底地消失，虽然知道分手是注定的结局，但是暴暴蓝还是很想很想知道，如果自己委曲求全，这份感情可以多走出多远的路，为了贪恋那段路的甜美，又会多出多少新鲜的伤口。

不过她相信自己没有做错，很多时候，放弃才是最好的自卫。

犹记得分手的那天，涂鸦对她说："其实，我每天都去那个网站……"网络还是那个网络，曾经让他们息息相关心意相通的网络。但现在，纵使伸出再长的触角，也再感觉不到彼此一丁点儿的信息。

爱情说来就来，说走就走，哪里肯为谁留一点余地。

门铃又响，怪了，没人的时候好多天都没人来，一来就是接二连三。

暴暴蓝跑出去开门，门外站着的竟然是陶课。他晒得黑黑的，背了个大包，看着暴暴蓝惊讶的样子说："怎么，不认得我了？"

"怎么回来了？"暴暴蓝替他把包接下来说，"不是说还要两天吗？"

"手里的事情办完就回来了。我没跟他们一块去玩，广州热得要死，也没什么好玩的。"陶课坐下，接过暴暴蓝递给他的冰水说，"怎么样，你还好吗？"

"什么叫我还好吗？"暴暴蓝促狭地问。

陶课不答，而是拉开大包，从里面拿出好几件漂亮的新衣服新裙子给暴暴蓝说："大伙儿约着去逛街，我也随便替你买了几件，不知道你喜欢不喜欢。"

暴暴蓝呆住了。

"喏，接着啊。"陶课把衣服接过来。

暴暴蓝伸手接过，心里软得不可开交，嘴上却说："拜托，你见过我穿裙子吗？"

陶课捏着下巴，看着她说:“我认为，你穿裙子会好看。”

“你别这样。”暴暴蓝捏着裙子的花边说，“我又不是你女朋友，你白表情。”

“嘿嘿。”陶课说，“表完情，没准就是了呢。”

“这样吧。”暴暴蓝挺开心，想了想说，“今晚我请你吃西餐，算是还你的人情。”

“好主意！”陶课拍手说，“我还真饿了，快换了衣服，我们出发。”

暴暴蓝回到房间里，把门关上，仔细地看陶课替她买的衣服和裙子，还真是漂亮，她挑了其中一件碎花的上衣，套上旧的牛仔裤，有些害羞地走出来。陶课说:“嘿，挺漂亮的，干吗不全穿新的？”

“害羞。”暴暴蓝如实说。

那晚刚好遇上西餐厅牛排半价，还赠送一支好漂亮的冰淇淋。两个人一开心，喝下一瓶红酒，从餐厅出来的时候，已经是半醉。月光带着夏夜的急躁洒在他们的身上，陶课掏出车钥匙来，暴暴蓝还算清醒，拦住他说:“你都喝成这样了，不能开车回去了。”

“那我们走回去！”陶课把手放到暴暴蓝的肩上。

“好重。”暴暴蓝推也推不开他。

“怪了。”陶课说，“不知道为什么，我在广州老想你来着。”

“陶课你神经。”暴暴蓝骂他。

“是啊，我神经。我们回家接着喝。”

结果，回到家里，两人又开了冰啤对喝。空调把两人身上的汗彻底地吹干了，暴暴蓝用啤酒罐遮住半边脸，问陶课说:“你觉得一个人好还是两个人好？”

“有时候一个人好，有时候两个人好。你呢？”陶课问。

“其实我喜欢很多很多的人。”暴暴蓝说，“大家一起说话一起吵架一起唱歌一起玩游戏，不知道有多开心。可惜，从来都没有过，我从来都是一个人。”

“哎，说这些多扫兴啊。”陶课说，“不如我们说点开心的。”

“好啊好啊。”暴暴蓝说，“你说我们说什么？”

“说说你的第一次。”

“哈哈哈。”暴暴蓝狂笑，“陶课你坏坏的，我哪有什么第一次啊。”

“你不说我说啦，”陶课坐到茶几上去，把腿跷到沙发上，“我的第一次是跟我的一个学姐，她贼漂亮，我一看到她，就丢魂。结果，她嫁了个丑得不得了的男人，去了东北，把我一个人留在相思风雨中……”

“哈哈哈。”暴暴蓝又狂笑，“陶课你好菜！”她笑着，人从沙发上笑跌下来。陶课来扶她，拽住了她的半只胳膊，暴暴蓝没站稳，手里的半罐啤酒一不小心就泼到了陶课的身上。

“啊！”暴暴蓝惊呼，“我去拿毛巾给你擦。”

“别！”陶课拉住她，两人的身体离得很近，暴暴蓝本能地要推开他，却怎么也推不动。她听见陶课在喃喃地说：“蓝蓝，你今晚很漂亮。”说完，他俯下了脸。

他的吻轻而细腻，与涂鸦的有着天壤之别，暴暴蓝整个人都沉沦下去。陶课一把抱起瘦小的她。小房间那个小小的沙发床上，他细心地轻柔地除去了她的衣服，他的脸上是一颗颗豆大的汗珠，也许因为紧张的缘故，暴暴蓝的全身也很快湿透了。这是一次无声的纠缠，仿佛持续了一个世纪那么久，陶课进入暴暴蓝身体的那一刻，天上下起了雨，是雷雨。雷打在忘记关的窗玻璃上，发出沉闷的巨大的回响，淹没了暴暴蓝痛苦的呻吟。

第二天一早，他们几乎是同时醒来。暴暴蓝惊吓地找到一件汗衫，想要遮盖自己裸露的身体。陶课伸出长长的胳膊夺走了衣服，他翻身过来，把暴暴蓝压在身下，用一种调侃的口气轻声问："怎么样，喜欢不喜欢？"

暴暴蓝羞红了脸，试图要摆脱他的控制。两人在沙发床上翻滚起来，忽然，陶课的动作停止了，他的眼睛看到了沙发上的一抹鲜红，然后，他用一种不敢相信的质疑的眼光看着暴暴蓝。

在陶课的迟疑里，暴暴蓝迅速地套好了汗衫。

"你……"陶课也套上汗衫，他好像想说什么，但始终没说出来。

暴暴蓝默默地取下沙发罩，把它拿到阳台上，扔进洗衣机里。洗衣机开始轰轰隆隆地工作，暴暴蓝看着洗衣机沉默了半天，不知道那片鲜红能不能顺利地洗掉，其实不只是陶课，就连她自己也没敢看第二眼。

回到房间的时候，发现陶课已经坐在了客厅里，他在抽烟，表情很不安。暴暴蓝走到他的身后，环住他的腰，脸靠到他的背上，嘶哑着嗓子说："没什么，我是自愿的。"

"对不起，我真的没想到。"

“干吗要说对不起。”暴暴蓝的心剧烈地疼痛起来。她放开陶课，用尽量平静的声音再说一次：“你听清楚了，我是自愿的。”

说完，暴暴蓝回到小房间，关上了门。

没过一会儿，陶课来敲门。他在门外说：“我要上班去了，中午叫盒饭给你。”

暴暴蓝把门拉开，对陶课说：“对了，我忘了告诉你，你妈妈昨天来过了。”

“哦？”陶课说，“她说什么了吗？”

“她问我是谁。”

“那你怎么答的呢？”陶课一边问一边到处找鞋子，好不容易找到一双合心意的凉皮鞋，套到脚上。

暴暴蓝恶作剧地回答说：“我说，我是你的女朋友。”

“呵呵。”陶课走上前来，揉了揉暴暴蓝的短发说，“乖乖在家写作啊。我会把你的书发得很好的，放心。”

“这算什么呢？”暴暴蓝仰头问陶课。

“什么算什么？”陶课没听懂。

“算代价吗？”暴暴蓝靠在门边笑了一下，努力地满不在乎地说，“其实我不在乎的，真的。”

“我上班去了。”陶课并不接招，走了。

陶课走后，暴暴蓝一个人在房间里坐了很久。昨晚的啤酒罐还躺在地上，两个罐子不要脸地贴得很近，暴暴蓝伸长了腿，把它们踢飞，然后，她打了黄乐的电话。

“刚还和陶课说起你，”黄乐说，“没想到你电话就来了。”

“他人呢？”

“刚刚被他妈妈叫走了，好像有什么急事。”

“还想要稿子吗？”暴暴蓝问。

“废话咧。”黄乐说，“你又有什么新点子了？”

“你今天必须替我找个房子，我要关在里面写二十天，保证交稿给你。找到后，你弄个车子来接我，我要把电脑一起搬走。”

“怎么了？”黄乐说，“在陶课那里住着不好吗？”

“下午五点前，我等你来接我。”暴暴蓝说，“不然，你永远也拿不到我的稿子。”

“真任性呢。”黄乐指责她。

暴暴蓝挂了电话。

中午的时候，黄乐就来了，他说：“我有个朋友的房子，小是小点，不过你一人住够了。我们这就走吧，车子在底下等着呢。”

“黄乐。”暴暴蓝说，“别告诉陶课我在哪里。”

“好。”黄乐一副了然于胸的样子，估计已经猜得八九不离十。于是又画蛇添足地加上一句：“其实，陶课是个好哥们儿。”

“我知道。”暴暴蓝说，“我只是想安静一下。”

“我先把电脑搬下去。”黄乐说，“你快点收拾好下来。”

暴暴蓝的东西很简单，没什么可收拾的。除了穿在身上的那件，她没有带走陶课替她买的新衣服。她把它们整齐地叠好，放在了床头，并用白纸包了一千块钱放到茶几上，写上两个字：房租。

离开。

就这样离开。

也许，这样的方式不算最好。但暴暴蓝刻不容缓要维系的，是自己的自尊。陶课那一刻惊诧的表情，已经成为他们之间最大的障碍。

原来在陶课的心里，她早就不是一个干净的孩子。

“你的表情很游离。”在车上的时候，黄乐评价她说，“看样子，你真的要写出好作品来了。”

“你闭嘴。”暴暴蓝呵斥他。

黄乐闭嘴了。手机却响了，暴暴蓝本来想按掉，可一看是优诺，又赶紧接起来。

那边传来的是优诺焦急无比的声音：“暴暴蓝，七七有没有来找你？”

“怎么会？”暴暴蓝说，“她根本就不知道我的手机号码。”

“天。”优诺说，“我在你们这儿的火车站，我们今天一起来看你，打算给你一个惊喜，谁知道刚下车就和她走散了。”

“你别急。”暴暴蓝说，“你等在火车站，我这就过去，陪你一起找。”

“蓝。”优诺的声音从来都没有这么无力过，她说，“蓝，你快来，我怕极了。”

“就来就来，亲爱的。”暴暴蓝说，“千万别急，不会有事的。”

“调头！”在黄乐吃惊的表情里，暴暴蓝挂了电话，扬声对司机说，“去火车站！”

CHAPTER 12

我们的城堡

我会一直在这里

等你回来

很多的往事远走高飞

我依然相信

你不会消失

你不会消失

消失的

不过是时间

优诺一直记得，那个阳光灿烂的午后，在林涣之的书房里，他用一种很认真的语气对她说：“七七一直让我无能为力，你的出现，让我安心。”

优诺说：“你看上去很累，应该到房里好好地睡上一觉。”

“阳光很好。”林涣之说，“睡觉是夜晚才做的事。”

“我准备带七七出去旅游一趟，不远的地方，还望您批准。”

“谢谢你。”林涣之说，“我知道你可以让她快乐。”

可是，她对不起林涣之对她的信任，她居然弄丢了七七！优诺站在人来人往的火车站打电话给林涣之，这对优诺而言也是一个陌生的城市。上一次来看樱花，不过是匆匆地路过，她实在不知道，该如何才可以找到七七。如果她是刻意要离去，事情简直就是糟到不能再糟，不是吗？

“噢，我这就来。”林涣之说，“你不要慌。”

挂了电话，优诺就看到了四处张望的暴暴蓝，她冲上去，拉住暴暴蓝的手说：“七七不见了，怎么办？”

“找！”暴暴蓝指着他身后的男士说，“我出版社的朋友，你放心，他在这里路子很野的，可以帮得上忙。”

“分头找。”黄乐也说，“找个人还不容易！”

可是黄乐的海口夸大了，那一天，优诺和暴暴蓝回到家里的时候，已经全身湿透。这时已夜里一点钟，她们四处寻找七七大半天，未果。

雨越下越大，狂风肆虐，像是要把所有的一切都摧垮。

黄乐叫了车子到超市门口接她们回家。一行人进门来，暴暴蓝环顾黄乐替她找的新地儿，的确不大，一室一厅，外加一个小小的厨房和卫生间。

“我哥们儿的房子，他人不在，你暂时住着吧。”黄乐对暴暴蓝说：“电脑我已经替你装好了，可以上网的。还需要什么东西告诉我，我买来给你。”

“谢谢你，黄乐。”暴暴蓝由衷地说。

黄乐说：“那我先走了。你们别着急，我警察局的哥们儿一有消息会通知我。”

“还有。”黄乐压低声音对暴暴蓝说，“陶课在找你。”

“不说这个，”暴暴蓝赶紧说，“我想安静一些日子。”

“带把伞。”优诺从背包里把自己的伞掏出来，追上去跟黄乐说，“雨太大了，你让司机开慢些。”

黄乐点头离开。

门关上。暴暴蓝把刚从二十四小时营业的超市里买来的新毛巾拆开来，自己用一条在头发上乱揉一气，同时递给优诺一条说：“把头发擦擦，小心感冒。”

优诺不接，坐在椅子上，把脸埋在掌心里，深深地叹息。

暴暴蓝只好走上前，替她擦头发，一边擦一边轻声安慰她说：“不要急呢。要知道七七一直是这么任性的。”

优诺摇头：“是我太大意。她在火车上说了很多莫名其妙的话，其实我早该猜到，她是刻意要走的，她早就有预谋。”

“那你还记得她跟你说的最后一句话是什么吗？”

“我让她站在那里别动，我去买回程票。”优诺努力回想说，“她站在那里，很乖巧地点头，然后她跟我说：优诺，再见。对，她说的是再见。”优诺说到这里忽然激动起来，她一把抓住暴暴蓝的手说，“你说，我不过是走开一下子，她为什么要跟我说再见？现在想起来，她当时的表情好奇怪。”

“也许只是你多心。”暴暴蓝说，“别想了，我去烧点开水，我们吃点泡面睡觉吧，兴许明天她就回来了。”

暴暴蓝跑到厨房忙碌去了，优诺坐在床边，有些神经质地拨七七的手机，这个号码今天已经拨了有上百次之多，那个冰冷的女声一直在说：“你拨打的用户已关机，你拨打的用户已关机……”

暴暴蓝走过来，一把拿下优诺的电话说：“别打了，她要存心躲起来，打破电话也没用。等我见了她，好好说说她。”

“我有不祥的预感。”优诺说，“我的预感一向很灵。”

“别想了，吃了面我们睡觉！”暴暴蓝把刚泡好的方便面递给优诺。

优诺推开说：“不吃了，睡吧。”

也许是床好久没有人睡过的缘故，床单有些潮湿发霉的感觉。暴暴蓝不好意思地拍拍床单说:“早知道这样，我应该请你住宾馆。”

“哪里不是一样？”优诺说，“我出门在外，什么地方都住过。”

“我有钱。”暴暴蓝忽然牛头不对马嘴地说，“以后会更有钱。”

“我相信。”优诺取出一个漂亮的手镯递给暴暴蓝说:“走得匆忙也没带什么礼物，这还是上次偶然看到，很喜欢，就买了两个一样的，一个给了七七，这个给你。”

“一样的？真好。”暴暴蓝接过，触到优诺冰冷的手指，看到她手指上有个很别致的钻戒。

暴暴蓝问:“你要嫁的那个男人，是什么样子的？”

“挺好。”优诺有些伤感地说，“不过我还是感觉我们之间挺陌生的，熟悉的好像只是回忆而已。”

“陌生不怕，怕的是疏离。”暴暴蓝把手镯戴到手腕上，起身说，“你好像很冷，我去找一找有没有厚点的被子。”

“不用。”优诺拉住她，“暴暴蓝我没事，我只是担心七七，这么大的雨，在这个陌生的地方，她该去向哪里？”

“应该没事，她有离家出走的经验。”暴暴蓝努力调侃。

“他爸爸把她交给我，她却出了事。”优诺说，“我真不知道怎么办才好。”

“他爸爸知道了吗？”暴暴蓝问。

“嗯。”优诺说，“我打过电话，他正赶来。”

“睡吧。”暴暴蓝无力地说，“一觉醒来，没准什么都过去了。”

雨还在下，铺天盖地。旧房子的窗户不是很严实，雨已经把窗前的地面打湿了一小片，反射出冷冷的寂寞的光。各怀心事的优诺和暴暴蓝都睡得不是很安稳，辗转反侧，任小床响了一夜。第二天天刚亮的时候，黄乐的电话来了，他的声音有些沉重："我的朋友刚才来电话，昨晚市郊一家小酒吧出了事情，好像跟你的那个朋友有关。"

暴暴蓝立刻从床上跳了下来："到底怎么回事？是不是七七呢？她在哪里？"

"我在那家酒吧等你。"黄乐说出地址，"你们快来。"

黄乐的电话一响，优诺也立刻醒了，她见暴暴蓝挂了电话，好紧张地问："是不是有七七的消息了？"

"走吧。"暴暴蓝表情凝重地说，"我们去了就知道了。"

优诺和暴暴蓝赶到那间酒吧的时候，黄乐和他的警察朋友正在向老板询问。老板睁着疲惫的双眼不耐烦地说："我已经被警察问了半夜了，我该说的都说了，你们还要我怎么样？哎，我不管了，我要先睡觉去了！"

"不是要把你怎么样，是你说的话实在是不可信。"警察见优诺他们进来，连忙问道，"你们可带有七七的照片？"

暴暴蓝看看优诺，优诺摇头，一边摇一边问黄乐："七七昨晚是不是来过这里？"

"也许是。"黄乐指着老板说，"他昨晚报警，说是有个女孩在这里跟几个小混混发生了争执，那女孩还带了一把锋利的水果刀。"

"她穿的什么衣服？"优诺心急如焚地问老板，"请你快点告诉我。"

“应该是……白T恤，牛仔裤吧。”老板说，“晚上，又是灯光下，没看得太清。”

优诺狂晕：“那她人呢？”

“你们听好。”回答的人是黄乐，他说，“她和几个小混混发生了口角，然后就掏出了她的水果刀。刀被人夺走，她奋不顾身地去抢，一片混乱中，那刀插入了女孩的胸口。”

世界在那一瞬间变得静极了，优诺觉得自己站都站不住。她想起那一天在七七的家里，自己拿起水果盘里那把尖尖的水果刀往七七面前走去，一面走一面说：“来来来，用这把，这把刀才可以一刀致命！”

当时的七七，脸上是惊恐的表情。她怕那把刀，毫无疑问，可她竟然把它带在身上出了门，并拿出来捅人。这简直令人无法接受！

“她人呢？”暴暴蓝冲上前抓住老板问，“她现在在哪里？”

老板说：“女孩被捅后，那些小混混散掉了。我赶紧打电话报警，谁知道等我打完电话，女孩也不见了。”

“什么叫不见了？”暴暴蓝声嘶力竭地喊起来，“好好的一个人，怎么会不见了？一定是你把她藏起来了，她受伤了，你们把她藏起来了！我告诉你们，你们这样是犯法的，是要被枪毙的！”

老板吓得直退说：“我说的都是事实，你们信也好不信也好，这就是事实！”

“别激动。”黄乐拉住暴暴蓝说，“有事好好说。”

“蓝。”优诺抱住暴暴蓝说，“蓝，七七出事了，她真的出事了。”

“不会的，不会有事的。”暴暴蓝做着苍白的劝告，自己也不知不觉苍白了脸。

“一个受伤的女孩忽然消失？”黄乐对他的警察朋友说，“你说这是不是也太离奇了一点？”

警察说：“她如果真的受伤了，应该走不远；要不，就肯定会去医院，现在正在查着呢，一有消息我就会收到通知。”

“那走吧。”黄乐说，“我先请你们吃早饭去。吃完了，有劲了，我们再找去！”

优诺虚虚晃晃地随着他们出来，刚到酒吧的门口，就看到了那辆熟悉的车子，还有车子旁站着的那个穿着黑衣服的男人。他开了一夜的车，显得很累，但是依然风度翩翩。

看样子，神通广大的他了解的情况并不比优诺少。

“谁？”暴暴蓝碰碰优诺的胳膊。

优诺并不答，而是走上前去，一直走到他面前，头低下来说：“对不起。”

“不关你的事。”林涣之说，“你不要自责。”

优诺看着自己的脚尖，泪水流下来。

暴暴蓝走到她的身后，已猜到七八分，不出声。

“我已经托了各路的朋友，”林涣之说，“我现在很累，想找家酒店休息一下，你可愿意陪我一起等消息？”

“好。”优诺说。

“我也去。”暴暴蓝说。

林涣之熟门熟路地把他们带到了市里最好的酒店，五星级的，开了两个相邻的房间。他把他房间的门打开，手机丢给优诺说："我现在要睡一觉，手机响了你替我接，如果不是七七的事情不要叫醒我。"

暴暴蓝和优诺进了另一个房间，把门关上后，暴暴蓝小声地问优诺说："七七爸爸特别有钱吧，瞧他开的那车最起码值七八十万，难怪七七那么娇宠！"

"她是七七的养父。"优诺说，"七七是孤儿。"

暴暴蓝张大了嘴，好半天才说："我还一直以为自己命最苦。"

"我心很乱。"优诺说。

"因为这个男人喜欢你？"暴暴蓝问。

优诺吓一跳，捂住她的嘴："你不要乱讲。"

"我没有乱讲。"暴暴蓝肯定地说，"他看你的眼神不一样。"

优诺说："求你了，蓝。别让我疯掉。"

"好吧。"暴暴蓝说，"我闭嘴。"

正说着，林涣之的电话响了，优诺慌乱地接起来，是麦子。听到优诺的声音，她有些迟疑，于是在那边问："是林先生的手机吗？"

她叫他林先生，却叫得那么亲切自然。

"是的，他很累，睡觉了。"优诺说，"我是优诺。"

"噢。"麦子说，"怎么样，有七七的消息吗？"

"没有。"

"我在她的电脑里发现了一些东西。"麦子说。

"什么？"优诺本来歪在床上，一听立刻紧张地坐直了身子。暴暴蓝也把耳朵凑到手机旁边来，想听个究竟。

“她的日记。”麦子说，“看上去有点乱，不过最后一天的日记，有一句是这样的：她是天使，她能给他的幸福和快乐，是我所不能给的。我终于可以放心地离开，谁都没有错，错的是我。”

“我就知道，她是刻意要走的。”优诺绝望地喃喃地说，“我早就应该知道。”

“那晚她看见你和林先生在‘大学城’。”麦子说。

“我们那天只聊了一小会儿。”优诺说，“根本就没见到七七。”

麦子叹口气：“还有，伍妈说，餐厅里那把水果刀不见了。”

“天呐。”优诺说，“麦医生，但愿七七不会出什么事，但愿。”

“No news is good news.”麦子说，“只好等了，你转告林先生，该做的我都做了，一有消息，我会再打电话来。”

“谢谢你麦医生。”优诺说。

“好。”麦子挂了电话。

这样，他们在酒店里住了两天。

没有得到关于七七的任何消息。她就这样毅然决然地消失，不留一点痕迹。

终于，林涣之说：“我们回去吧，该回来的时候总会回来的。”

“也许那晚酒吧的那个女孩根本就不是七七。”暴暴蓝调动她丰富的想象力对优诺说，“巧合罢了，兴许她早就回到你们那里，跟你们玩捉迷藏呢。”

“No news is good news.”优诺叹息说，“或许麦子说得没错。”

暴暴蓝跟她拥抱告别。

“你要好好的。”优诺说，“你不能再让我担心了。”

“我会的。”暴暴蓝说，“优，你要记住，我很爱你。”

回到属于自己的城市，优诺第一件事是给苏诚打电话。这个时候，苏诚是她唯一的安慰。可是没想到铃声响了很久，苏诚才接。

还没来得及跟他说心事，他却首先说：“对不起，优诺。”

“为何？”优诺不明白。

“这些天没打电话给你。但其实，我不是那种小心眼的人，你知道的。”苏诚说。

“我明白的。”优诺说，“我明天来看你，好吗？”

“过一阵子吧，”苏诚说，“我现在心很乱。”

不明白苏诚为什么会拒绝，反正他的拒绝让优诺的心疼得无以复加，但她还是装作没事地说：“好。”

“有件事，我想你还是知道的好。”苏诚迟疑了一下说，“田田，她出事了。”

“怎么了？”

“她从十七楼跳下。”苏诚的声音变得颤抖而痛苦，“那是我们以前买下来准备做新房的小公寓，我带着戒指去找你的第二天，她跳下去，没有犹豫。”

优诺一句话也说不出来。

“情爱一生纠缠，我们无法完成对自己的救赎。”苏诚说，“对不起，优诺，你看，我再也不能给你干干净净的幸福。”

那一瞬间，田田的影像在优诺的脑子里变得异常的清楚，那个只见过一面的女孩，那个深爱苏诚的女孩，以她最决绝的方式维护了她的爱情。

天。

十七楼。

要飞下的时候，该拥有什么样的勇气？

可怜的苏诚，可怜的田田，可怜的自己。

挂了电话，优诺给苏诚发短消息："可是苏诚，请你一定要幸福。"信息飞出去的那一刻，优诺知道一切都结束了，她看了看手指上的钻戒，默默地取下，塞到了抽屉的最深处。

幸福，其实永远都是每个人自己的事情。

对于优诺而言，这真是一个漫长而寂寥的夏天。七七成为心里最大的牵挂。她对清妹说："她从我的面前活生生地消失，我无法原谅自己。"

"这不是你该背负的罪过。"清妹说，"她是故意的，简直可恶！"

"别这么说七七。"

"你对别人都是这么宽容。"清妹不满，"就是对苏诚苛刻！"

"怎么了？"

"这个时候，他需要你。"清妹说，"你不陪他度过这些日子，谁还能陪他？"

"我不能确定。"优诺说，"我怕我会让他有更多的压力。"

"你瘦了。"清妹看着她叹息说，"爱情真是折磨人的东西。"

"如果有机会，代我问候他。"优诺说完后又立即更正说，"算了，还是不用了。"

清妹用同情的眼光看她。

告别清妹，优诺回到宿舍，却惊喜地发现了坐在台阶前的暴暴蓝。她也瘦了，眼睛更大，穿着黑色 T 恤的她显得异常的娇小。见了优诺，她站起身来，抱住她说：“优，我很怕，所以来找你。”

“出什么事了？”优诺说，“小说没通过？”

“不。”暴暴蓝努力笑着说，“相反，我写出了最好的小说，他们说，可以把我炒成最红的青春派作家。”

“呵呵。”优诺招呼她坐下，递给她一杯水说，“是不是要成名人了，所以害怕？”

“也不是。”暴暴蓝指着自己的腹部说，“我想我有麻烦了，我其实真的很怕痛的。真的。”

说完，她飞奔到卫生间，里面传来惊天动地的呕吐声。

等了好半天，她终于出来，靠在卫生间的门边，无力地冲优诺微笑。“真糟，是不是？”她说，“简直没有比这更糟的事情了。”

优诺递给她热热的毛巾说：“别怕，我们明天就去医院。”

第二天清晨，麦子在医院的门口迎接她们。夏天真的只剩下尾巴了，阳光早就没有了昔日的不可一世。优诺握着暴暴蓝的手，暴暴蓝穿着优诺的外套，脸色苍白。

“只是小手术。”麦子说，“你们放心，一会儿就好。”

进手术室之前，暴暴蓝忽然捏紧了优诺的手，颤抖地说：“我真的很怕疼，真的。”

“不让他知道吗？”优诺问。

“这是我自己的事情。”暴暴蓝说完，毅然转身走进了手术室。

“她还是个孩子。”手术室外，优诺对麦子说，“我真笨，帮不了她们。”

麦子把手放到她的肩上以示理解。她是一个不多话的讨人喜欢的女人，优诺不明白，七七为什么会不喜欢她。

整个夏天，就在等待七七的心急如焚和心疼暴暴蓝的无限哀愁里悄然过去。

秋天到来的时候，尽管林涣之花了不少的钱，动用了他所有的社会关系，但依然没有关于七七的任何消息。那个时期优诺做了不少的事，照顾了暴暴蓝差不多一个月，去孤儿院做义工，每日更新她的网站。网站最显要的地方一直是寻找七七的启事，优诺在闪烁的 flash 中写道：七七，我知道你会看到。我们都很爱你，希望你早日回来。

启事上有七七的一张照片，她很少照相，那张照片是一次偶然的机会拍下来的。那一天优诺买了新的数码相机拿她来做试验，照片算是偷拍的吧，七七正在沉思，她紧抿嘴唇，有别的十七岁女生不可能拥有的孤傲冷漠的眼神。

暴暴蓝留帖说：“七七，这是我们的城堡，你不可以丢下它。”

布衣留帖说：“七七你原来是这样子的，你很漂亮。快回来，我真的请你去‘圣地亚’。”

陌生的网友留帖说：“七七，你要好好的。”

……

一连串的帖子，跟在寻人启事的后面，记录着每一个经过的日子。

郁闷还是灿烂，都只是过去。网站首页的诗也换过了，那是优诺最喜欢的某个台湾诗人的一首诗：

关切是问
而有时
关切是不问
倘若一无消息
如沉船后静静的海面
其实也是
静静地记得

可是七七啊七七，你是不是真的记得，记得回头，找寻我们曾经共有的记忆呢？

十月的时候，优诺接到麦子的电话。

麦子说："我们最好能见一面。"

优诺如期赴约。秋天的麦子穿红色的裙子，她真是一个别致的女人，有她别致的风度。她们约在一家咖啡馆。那个咖啡馆里一直放着一首英文歌，还是那个沙哑的男声，她和苏诚第一次在"圣地亚"吃饭时听到的那首歌，在秋天午后的阳光里反复地响起，那一瞬间时光恍若重回，令人心酸。

麦子一见优诺就开门见山："林先生三天前住进了医院。"

她依然叫他林先生。

"怎么？"优诺问。

"胃癌。"麦子吐出两个冰冷的字。

优诺脑袋里嗡嗡乱响。

“他的胃一直不好，可是他总是拒绝检查。你应该去看看他。”麦子说，“我想他一直在等你去看他。”

优诺震惊。

麦子补充说：“这么多年，他一直很寂寞。”

“你不是一直陪着他吗？”优诺由衷地说，“麦医生，你很让人敬佩。”

“是的，我爱他。”麦子毫不避讳地说，“我爱他多年。那一年，他带着骨折的七七来医院，我从来没有见过一个男人的眼光，可以那么温柔和体贴。后来我才知道，七七不是她亲生的女儿，他是一个懂得爱的人，可惜，有很多人不懂得他。”

“有你一个知己就够了。”优诺说，“他还有多久？”

“如果用钱买生命的话，也最多不过三个月。”麦子说，“这个时候，钱是最无用的东西。”

“麦医生。”优诺握住她放在桌面上的手说，“也许事情会比你想象中的好，你要坚强。”

可是谁也没想到，麦子还是乐观了。

林涣之没有等到三个月，一个月后，他就离开了。

他消瘦得很快，化疗除了给他增加痛苦，没有任何的作用。那些天优诺每天去一次医院，给他读故事，韦伯斯特的《长腿叔叔》。林涣之努力地笑着问：“到哪里找来这么好的故事？”

“是你买给七七的。”优诺微笑，“我只是借用。”

林涣之说：“我犹记得那一天在孤儿院见到她。她小小的身子，眼睛里充满了愤怒和不屑，我当时就想，这是我要的孩子，我可以给她幸福。却没料到，这是我一生最大的失败。”

优诺说：“七七终会懂你。”

“她离开是对的。”林涣之说，“距离让我们看清彼此。”

“有样东西想给你看一下。”优诺从包里掏出一张皱巴巴的纸展开来，是一幅小孩画的画，有太阳，有山，有一个画得不太像样的男人的侧影，旁边是一行歪歪扭扭的彩色铅笔写的字：BB，我爱你。

“我在七七的书里找到的。”优诺说，“所以，你不要有遗憾。”

林涣之笑了：“我这一生，最大的遗憾，你猜是什么？”

“我猜不着。”优诺说，“你对我而言，一直像个谜。”

“猜不着也好。”林涣之伸出手来，像是要抚摸一下优诺的脸，但是，他的手很快就无力地垂了下去，眼睛闭了，像是睡着了。

优诺没有喊叫，她奔出病房，颤抖地抱住了一直在外面的麦子。她不停地抖不停地抖，倒是麦子比较平静，她拍着优诺的背说：“林先生留了一笔资金给一家网络公司，他们会终生维护你的网站，提供一切技术上的支持。”

“我想到 Sam 那里去一下，可以吗？”优诺问。

“你需要他？”

“不是。”优诺说，“我好累，我只是想到七七睡过的地方，去好好地睡上一觉。”

Sam 那里有个供病人休息的沙发，优诺躺下，看 Sam 替她把窗帘拉起来，听 Sam 回头对她说：“节哀，人生有很多的失去，我们唯一能做的，是勇敢。”

“Sam。”优诺在闭上眼睛前问，“你说，七七会在哪里？她到底会不会回来？”

“不知道。”Sam 说。

“你是专家，也猜不到吗？”

“每个人的内心，都有属于自己的城堡。”Sam 说，“我比别人厉害之处，不过是偶尔能进去造访一下而已。”

“我会等她回来。”睡着前，优诺肯定地说。这是七七躺过的地方，优诺清晰地闻到她特殊的气息，那个喜欢紧抿双唇眼神孤傲的女生。她们早就在彼此的生命里刻下深深的烙印，无论是近是远，心里的牵挂和依恋都会如春天的青草蓬勃生长，永割不断。

不肯停留的是时光。转眼间，新年就来了。

优诺背着她的大包从市中心经过，新华书店的门口挂着一个醒目的广告牌：著名青春派作家暴暴蓝即将来我店签售。

有女中学生经过，尖叫着说：“就是写《小妖的金色城堡》的那个啊！我从来都没有看过那么好看的小说哦。”

暴暴蓝的新书《小妖的金色城堡》一经出版就狂销不止，短短三个月竟然突破了五十万的销量。她在全国各地巡回签售，到处都是她的书迷。

小妖的金色城堡，也因此成了一个访问量剧增的网站。有很多人提供关于七七的信息，优诺和暴暴蓝因此在全国奔波，但可惜，没有一个是真的。

广告牌巨大，除了书的宣传画，旁边还印有一张暴暴蓝的照片，模糊的样子，只能看清她那双眼睛，有着和七七极为相似的眼神。就在优诺盯着它看时，忽然接到暴暴蓝的电话，她在那边喘着粗气，语无伦次地对优诺说："我想，我看到七七了。是七七，一定是她！"

"她在哪里？"

"我在签书，读者排成长龙。"暴暴蓝说，"我看到一个女生，戴和我一样的手镯。我给她签完，她冲我微笑，那笑容让我觉得莫名的熟悉。可是人实在是太多了，等我反应过来，她已经消失不见。"

"她消失不见。"暴暴蓝哭起来，"你瞧她多狠心，不肯理我们。"

"也许不是她呢。要知道，那种手镯并不止两个。"

"可我多么希望是她。"暴暴蓝说，"我多么希望。"

人潮拥挤的街头，优诺挂了电话，眼泪流下来。

很多的岁月都已经过去，关于七七的任何消息，不管是真是假，她都执意相信，七七不会消失。她一定会在某一个地方的某一个角落，用她那双不同寻常的眼睛，关注着她愿意关注的一切。

她不会消失。

消失的，不过是时间。

而消失的时间，会让曾经的伤口，开出洁白而盛大的花朵，站成最纯洁的姿势，成为我们彼此温暖过存在过的最好的证明。

（全文完）

后记

亲爱的，你不必归来

——给妖精七七的一封信

七七，你好吗？

时间过去了很久，我差点想不起来你的模样。

那一年我们初相识的时候，我记得我刚生完小孩，很胖，不爱打扮，记性好，喜欢说话，笑声朗朗，对生活充满热情，相信这个世界上全都是好人。就是这样一个人，非要去写你这样一个别扭的姑娘。是的，别扭。这就是你给我最初的印象。

所以其实一开始，我并不是那么喜欢你。

你让我觉得累，觉得郁闷，觉得生活有时候，真不是我喜欢的样子。

时间过去了很久，我没那么胖了，爱打扮了，记性不好了，却还是喜欢笑，只是笑起来没那么放肆和没心没肺了。我开始相信这个世上还是有恶人的存在，我被他们屡屡伤害，越挫越强。

七七你瞧，时间改变一个人真的很容易。

只是我想知道，时间改变了你吗？

我亲爱的姑娘，这些年，你到底去了哪里？

说起来，我做过一件挺对不起你的事。那一年，我很红，有个书商拿着钱追在我的后面，要我替你的故事写个续。他真的给了我很多钱，所以我写了。对不起七七，那不是我要的结局，我知道，那也不是你要的。后来那个书商没赚到钱，还跟我打官司，那是我第一次跟人打官司，坦白讲，我有点怕，但更多的是愤怒。虽然后来官司赢了，但我一点儿也不开心，我怕我因此失去了你。

我怕你会对我说：饶雪漫，我对你有一点失望哪。

会吗？七七。

我从不曾亲耳听你说过任何对我的评价。当我引领你来到这个世界，你仿佛总是那个抿着嘴唇一语不发的少女，冷冷地看着这个世界，看着所有的人表演，不爱表达。你只是你，孤单不败的七七，你从不属于任何人，是这样子的吗？

至少当我任何时候想起你时，你都是这样子的。

这算不算得上是我对你的偏见呢？或许每一个热爱你的人，看到这里都会点头说，是的是的是的是的明明就是偏见，七七那么温暖，那么惹人爱，难道你看不见吗？

我固执，是我固执地认为，没有人能比我更懂你。

好吧，让我告诉你一件值得高兴的事，我最近出了一本书，卖得特别好，那本书的名字叫作《那些不能告诉大人的事》。在这本书的序里，我第一次提到了你是从哪里来的，很多人说，一看那个序，就哭得不行了。其实我更好奇的是，如果你看到，你会不会哭呢？还是你根本就会不屑地笑笑，轻声说：这个，是我吗？

年轻的时候，我们总是怀疑自己，怀疑自己有没有那么好，会不会有人喜欢，会不会得到很多的爱。我知道你那时候也是那样怀疑着你，在我粗暴地塞给你一个你完全不想要的结局的时候，你一定担心，我是不是没那么爱你，我把你放入时间的河流，任意追逐，不懂珍惜，是否随时都可能全盘皆输？

不是的七七，我想告诉你，无论我犯过哪些错，我都是真的爱你。你不动声色，保持着最初和最终的姿势。不管你去向哪里，也注定和我相融相依。

我想我知道你最爱的那个人到底是谁，我一直都不能忘记你穿着白裙子坐在他床边看他熟睡的样子。那是我给你的安排，也是你喜欢的安排，是不是？真的，时间过去了那么久，月光依然。所幸的是，我们的爱就像这抹白色月光，不曾改变。

就这一点来讲，七七，我们从不曾孤单。

我早就已经原谅，你如此决绝地离开。我想你会照顾好你自己，你会平安，会快乐，会知足，会懂得爱，拥有爱，会让我这个把你创造出来的人，知道自己并没有白费力气。

七七，谢谢你的配合。

只是你不必归来。把你安放在我青春的最深处，我才有永远向上的源源勇气。

写于《小妖的金色城堡》再版之际

饶雪漫

作家、编剧

十四岁开始写作，著有六十余部作品，有“文字女巫”之称，是当之无愧的青春文学领军人物，作品多次登上全国畅销书榜。

文学作品代表作：

《左耳》《沙漏》《离歌》《雀斑》《那些女生该懂的事》等

扫一扫，
分享你的读书心得，看看同爱这本书的人都在聊什么。
关注“果麦麦的好书博物馆”，每天推荐一本好书，
90 秒体验阅读快感，看编辑大大各显神通，
为你定制专属书单。

小妖的金色城堡

产品经理｜朱　琳　　技术编辑｜白咏明
书籍设计｜王　雪　　责任印制｜刘　淼
监　　制｜袁舒舒　　策 划 人｜吴　畏

图书在版编目（CIP）数据

小妖的金色城堡 / 饶雪漫著. -- 济南 : 山东文艺出版社, 2019.7

ISBN 978-7-5329-5865-8

Ⅰ. ①小… Ⅱ. ①饶… Ⅲ. ①长篇小说－中国－当代 Ⅳ. ①I247.5

中国版本图书馆 CIP 数据核字（2019）第 104371 号

小妖的金色城堡

饶雪漫 作品

主管单位 山东出版传媒股份有限公司
出版发行 山东文艺出版社
社　　址 山东省济南市英雄山路 189 号
邮　　编 250002
网　　址 www.sdwypress.com

读者服务 0531-82098776（总编室）
0531-82098775（市场营销部）
电子邮箱 sdwy@sdpress.com.cn

印　　刷 上海锦佳印刷有限公司
开　　本 880mm×1230mm　1/32
印　　张 6.5
印　　数 1～9,000
字　　数 135 千
版　　次 2019 年 7 月第 1 版
印　　次 2019 年 7 月第 1 次印刷
书　　号 ISBN 978-7-5329-5865-8
定　　价 39.80 元